Die Whandara-Chroniken

Die Suche nach dem Kristallschlüssel

Oliver Brefordt

Verleger: Kay Ruhl, Berlin
Umschlaggestaltung: Oliver Brefordt, Berlin
Druck und Bindung: Mybestseller B.V., Norderstedt

ISBN:
9789463867238

Bei Anregungen oder Meinungen an den Autor
dieses Buches, senden Sie eine eMail an:
oliver.brefordt@gmx.de

Printed in the EU

Für Caja

... und all die anderen kleinen und großen Tagträumer und Bücherwürmer.

Inhalt

Die schwarze Katze mit den grünen Augen 7
Die viel zu kleine Tür 20
Irrlauf durch den Klangwald 33
Die traurige Königin 46
Die Divinatio-Maschine 58
Der heimliche Aufbruch 67
Eine turbulente Reise 80
Gespenstischer Schabernack 87
Zu Besuch bei den Giganten 98
Der alte Beldam 114
Irrfahrt durch dunkle Höhlen 125
Aufgewacht! 140
Die Wüstensee 159
Der einsame Kauz und sein Blechmann 169
Der Kristallschlüssel 187
Die fliegende Berta 198
Eine unerwartete Wendung 210
Der Abschied 227
Endlich wieder daheim 240

Die schwarze Katze mit den grünen Augen

Tick-Tack

Die große Uhr an der Wand über der Tafel tickte unaufhörlich und Lotta Leander konnte es kaum erwarten, bis der lange Minutenzeiger endlich auf zwei Uhr nachmittags springen würde. Denn zwei Uhr nachmittags bedeutete, dass Lotta endlich ihre viel zu schweren Schulbücher zuschlagen und diese zusammen mit ihren viel zu vollen Schreibheften in ihre Schultasche stecken durfte. Was danach folgte, war immer Lottas liebster Teil des Schultages: Zwei Stunden toben auf dem Schulhof zusammen mit Jette und Paul. Lotta Leander besuchte die sechste Klasse der Grundschule in Großstadt und wäre es nach ihr gegangen, hätte sie den ganzen Tag immer nur zwei Dinge gehabt: Kunst und den Literatur-Workshop. An Rechnen und Schreiben hingegen fand sie überhaupt keinen Gefallen. Frau Block, ihre Deutschlehrerin, las immer nur langweilige Texte mit ihnen und hatte sonst nichts anderes im Sinn, als ihren Schülern mit ihrer furchtbar hohen Stimme von der schlichten Schönheit grammatikalischer

Regeln vorzuschwärmen. Eigentlich liebte Lotta Bücher und es gab für sie fast nichts Schöneres, als stundenlang in aufregende Geschichten einzutauchen. Doch sobald es um Verbformen und Rechtschreibung ging, verlor sie jedes Interesse an dem geschriebenen Wort und zog es stattdessen vor, gelangweilt auf dem Seitenrand ihres Arbeitsheftes herumzukritzeln. Herr Blum hingegen war ein kleiner, kahlköpfiger Mann, der immer nur komplizierte mathematische Regeln im Kopf hatte und Lotta an eine langweilige und langsame Schildkröte erinnerte. Am Kunstunterricht und dem Literatur-Workshop mittwochs nach der Schule hatte sie hingegen großen Gefallen gefunden und Frau Scheck, die glücklicherweise beides betreute, war eine freundliche und tüchtige Lehrerin, die Lotta ab und zu mal lobte. Ihr war es auch egal, ob das Mädchen wieder vergessen hatte seine struppigen schmutzig-blonden Haare zu kämmen, welche immer wie ein ausgefranster Besen von ihrem Kopf abstanden. Stattdessen bemerkte Frau Scheck auch mal die kleinen Besonderheiten an Lotta, wie ihre einzelne goldblonde Haarsträhne, die sie wohl von Mama Leander geerbt haben musste, oder die kleinen Sommersprossen, die sich auf ihrer Nase tummelten und die eindeutig von Papa Leander zu stammen schienen.

Schwerfällig kroch der Zeiger der Wanduhr dem Stundenende entgegen und Lotta Leander konnte es kaum erwarten, diesen stickigen Klassenraum endlich verlassen zu dürfen, um dann zusammen mit Jette und Paul Zeit zu verbringen und sich gemeinsam mit ihnen auf das bevorstehende Wochenende zu freuen.

Das Mädchen mit den struwweligen Haaren liebte es, sich zusammen mit seinen beiden besten Freunden völlig verrückte Geschichten einfallen und diese dann in einer wilden Fantasiereise immer bunter und größer werden zu lassen. Lotta hatte ein riesiges, dickes Buch voll mit kleinkarierten Seiten, welches ihr Papa einst aus dem Büro mitgebracht hatte. In dieses Buch wurde all das geschrieben und gemalt, was sich die drei Schulfreunde in den Pausen und nach der Schule so ausdachten und mittlerweile hatte sich darin auch schon ein beachtliches Sammelsurium an allerlei verrückten Einfällen angehäuft. Meistens war es Lotta, die mit einer ersten Idee für eine Geschichte anfing und ihre beiden Freunde fügten dann noch das ein oder andere Detail hinzu. Jette, ein aufgewecktes Mädchen mit kurzen rotblonden Haaren, bestand stets darauf, mindestens einen gut aussehenden Prinzen in jeder Geschichte vorkommen zu lassen, wohingegen der schmächtige und blondhaarige Paul immer großen Gefallen an mächtigen Königen und tüchtigen Zwergen fand. Lotta aber war oft diejenige, die auf Ideen wie grünwarzige Hexen, menschenfressende Riesen, tückische Kobolde und dunkle Zauberer kam. Je verrückter eine Geschichte war, desto besser gefiel sie den dreien und der schönste Teil war es dann immer, wenn sie sich ihre fertigen Geschichten gegenseitig vorlasen. Lotta genoss die Zeit mit Jette und Paul ungemein, weil sie dann wenigstens für einen Moment die grauen Wolken des Alltags vollkommen hinter sich lassen und stattdessen lieber auf abenteuerliche Gedankenreise gehen konnte. Die Wirklichkeit machte dem Mädchen nämlich nur eher selten Spaß. Schule war für Lotta meistens eher ein Graus und ihre Noten waren in vielen Fächern miserabel. Vor allem Mathe und Deutsch wollten einfach nicht in ihren Kopf und nicht selten hagelte es in diesen Fächern die schlimmsten Zensuren. Auch die Zeit daheim bei ihren Eltern fand sie seit einigen Jahren mitunter einfach nur noch nervig und öde.

Eigentlich waren Mama und Papa Leander die tollsten Eltern, die man sich nur wünschen konnte. Nur ihr Vater war in der Lage, Lotta als kleines Kind so kräftig auf der Schaukel anzuschubsen, dass ihre Füße fast den Himmel berührten. Und beim Wettrennen oder Steinewerfen auf dem Teich im Park gewann sie fast immer, obwohl Papa eigentlich viel längere und kräftigere Beine und Arme hatte als Lotta. Insgeheim wusste das kleine Mädchen natürlich ganz genau, dass ihr Papa sie immer absichtlich auf das Siegertreppchen steigen ließ. Mama Leander hingegen kuschelte sich oft abends in Lottas Bett und las Seite um Seite aus dem großen, schweren Märchenbuch vor. Das Beste aber daran war, wenn Mama Leander dabei ihre Stimme verstellte und so klang keine Geschichte wie die andere, obwohl sie diese bestimmt schon mindestens hundertmal vorgelesen bekommen hatte und Lotta mittlerweile jedes Märchen auswendig kannte. Das Mädchen mit den struwweligen Haaren hatte eigentlich ganz wunderbare Eltern, doch seit sie in die Schule gekommen war, verhielten sie sich irgendwie fremd und anders und das stimmte Lotta natürlich sehr traurig. Früher konnte sie jedes Wehwehchen ihrem Papa anvertrauen und wurde sofort fest geknuddelt und in die Luft geworfen. Nun gab es oft nur noch einen sanften Klaps auf die Schulter und ein zwinkerndes »Das wird schon wieder«. Auch die Gute-Nacht-Geschichten von Mama Leander wurden immer kürzer und bereiteten bei Weitem nicht mehr so viel Spaß wie früher. Oft musste Lotta in letzter Zeit sogar, ohne eine Geschichte vorgelesen zu bekommen, ins Bett gehen und durfte dann bestenfalls selber kurz in dem großen Märchenbuch blättern, bis das Licht dann endgültig ausgeschaltet wurde. Statt Spielen nach der Schule standen plötzlich viele furchtbare Hausarbeiten wie Abwaschen oder Zimmer putzen auf dem Plan und wenn Lotta dann doch mal etwas trödelte oder ihre Aufgaben vergaß, gab es mitunter sogar ein wenig Ärger. Statt geduldiger Nachsicht und eines liebevollen Lächelns hagelte es dann nicht selten Worte der Enttäuschung und eine Menge Kopfschütteln.

Sätze wie »Werd endlich mal erwachsen« oder »Du bist nun langsam wirklich schon zu alt für so einen Unsinn« hörte Lotta in solchen Momenten nur allzu oft. Doch sie verstand beim besten Willen nicht, was denn so toll daran sein sollte, *erwachsener* und *älter* zu werden. Denn soweit sie es verstanden hatte, bedeutete Heranwachsen im Grunde nur noch mehr Abwasch, noch mehr Hausarbeit und noch mehr öde Schulaufgaben erledigen zu müssen – und darauf konnte sie liebend gern verzichten. Das Erwachsensein ist echt eine blöde Sache, dachte sich Lotta manchmal, und baute sich dann aus alten, bunten Decken eine Höhle in ihrem Zimmer, um sich darin zu verstecken und in aller Ruhe in ihrem großen Geschichtenbuch zu blättern.

Das verträumte Mädchen hatte gerade angefangen, vor lauter Langeweile ein paar Kästchen in ihrem Mathematik-Heft auszumalen, als plötzlich die Schulglocke läutete. Wie von der Tarantel gestochen, sprangen alle Schüler mit lauten Stimmen auf, Stühle klapperten und knarzten über den Boden und die Verschlüsse von etlichen Schultaschen klickten fast zeitgleich, nachdem alle eifrig ihre Bücher und Hefte hinein gestopft hatten.

Herr Blum, der langweiligste Mathematiklehrer auf der ganzen Welt, erinnerte mit zaghafter und leiser Stimme in letzter Minute noch an die Hausaufgaben zu nächster Woche, verteilte die korrigierten Mathetests von vorgestern in der Klasse und ließ sich dann erschöpft schnaufend auf seinen Stuhl fallen. Lotta nahm ihren Test und schaute mit finsterer Vorahnung auf den unteren, rechten Rand des Zettels, wo mal wieder eine dicke, rote Fünf zu lesen war. Mathe ist echt eine blöde Sache, dachte sich das Mädchen frustriert, verabschiedete sich dann aber trotzdem höflich von Herrn Blum, zog sich an und stürmte raus auf den Schulhof.

Lotta, Jette und Paul besuchten alle die gleiche Jahrgangsstufe, waren jedoch bei unterschiedlichen Klassenlehrern. In Lottas Klasse gab es fast nur Jungs und die waren oft ziemlich laut und fast immer ganz schön doof. Das eine andere Mädchen in Lottas Klasse war recht pummelig, saß meistens nur still und leise in der Ecke, spielte unentwegt mit ihrem Smartphone und futterte immerzu Schokoladenriegel. Lotta hatte ein paarmal versucht, sich mit dem anderen Mädchen in ihrer Klasse anzufreunden, aber dieses zog es vor, in den Pausen immer nur im warmen und stickigen Klassenraum zu sitzen und Handyspiele zu spielen und das fand Lotta irgendwann recht langweilig. Mit Jette und Paul wurde es jedoch nie langweilig. Jeden Tag verbrachten die drei für zwei ganze Stunden nach der Schule Zeit miteinander auf dem Schulhof, bis jeder nach und nach von seinen Eltern abgeholt wurde oder alleine nach Hause gehen musste.

Die drei Schulfreunde trafen sich immer in der hintersten Ecke des Schulhofes am verrosteten Klettergerüst, wo sie sich entweder am Schweinebaumeln versuchten oder aber an ihren Fantasiegeschichten feilten. Lotta war an diesem Nachmittag ganz besonders fröhlich gestimmt, denn sie arbeiteten gerade an einer ziemlich spannenden Idee für eine Geschichte. Etliche Seiten hatten die drei Freunde schon in ihrem großen Buch gefüllt und so langsam nahm die ganze Sache tatsächlich Form an. Die Geschichte handelte von einer tapferen Kriegerin, die mit List und Kampfkunst gegen einen schrecklichen Hexenmeister in den Krieg zog, um so ihre große Liebe, den unglaublich charmanten, aber zugleich etwas weniger klugen Prinzen aus dem finsteren Schloss des Bösewichts zu befreien. Der Teil mit der Kriegerin und dem einfältigen Prinzen war Pauls Idee und Lotta war froh, dass die Geschichte sich dadurch mal nicht wie eine von diesen langweiligen Mädchenschnulzen anfühlte, denn solche Geschichten fand Lotta nämlich immer furchtbar öde.

Während die drei so redeten und kletterten, kamen plötzlich Ferdinand, Mario und Jenny aus der achten Klasse um die Ecke geschlendert. Lotta konnte die drei überhaupt nicht ausstehen. Ständig schlichen sie zusammen über den Schulhof und ärgerten die anderen Schülerinnen und Schüler aus den unteren Klassen. An Lotta, Jette und Paul schienen sie einen besonders fiesen Gefallen gefunden zu haben und es verging fast kein Schultag, an dem den drei Freunden nicht mindestens ein boshafter Spruch hinterhergerufen wurde. Drei Sechstklässler, die ständig in einem großen Buch lasen und schrieben und dann auch noch mitten auf dem Schulhof lauthals über Drachen, Ritter und Hexen sprachen? Das waren für Ferdinand, Mario und Jenny ausreichend gute Gründe, um Lotta und ihren Freunden aufzulauern und sie immer wieder aufs Neue zu ärgern.

»Na, wen haben wir denn da?«, höhnte Ferdinand und verzog sein Gesicht zu einer dümmlichen Grimasse. »Die drei Verrückten mit ihrem bescheuerten Buch.«

Die freche Jenny fing sogleich an, wie ein bösartiges Huhn zu gackern und amüsierte sich offenbar köstlich über den hohlen Spruch von ihrem Kumpel. »Ja, die drei Vollidioten sind wohl mal wieder aus ihrer Gummizelle ausgebrochen«, geiferte sie mit hochgezogener und übertrieben nachgemalter Augenbraue.

Lotta klappte das große Buch sorgfältig zu und war gerade dabei, zusammen mit Jette und Paul den drei Streithähnen aus dem Weg zu gehen. Obwohl sie ihnen insgeheim doch lieber ein paar ordentliche

Ohrfeigen verpasst hätte, entschied das Mädchen, dass es wohl das Beste sei, sich lieber nicht mit solch boshaften Leuten anzulegen – auch wenn sie dafür hin und wieder die ein oder andere Beleidigung einstecken durfte. Immerhin waren dumme Sprüche immer noch weitaus angenehmer, als sich ein blaues Auge oder Schlimmeres einzufangen, dachte Lotta und versuchte ihren brodelnden Ärger wie einen viel zu trockenen Kloß hinunter zu würgen. Mit schmalen Lippen und hängenden Köpfen suchten die drei das Weite. Der blöde Ferdinand rief den drei Freunden noch einen fiesen Spruch hinterher, was selbstverständlich sofort wieder für schadenfrohes Gelächter vom pickeligen Mario und der frechen Augenbrauen-Jenny sorgte.

Als die drei Freunde in das Schulgebäude zurückgehen wollten, um ihre Schultaschen zu holen, fiel Lotta plötzlich eine schwarze Katze auf, welche stumm am Zaun zur Straße stand und die drei bei ihrem Miteinander zu beobachten schien. Große, grüne Augen schauten unentwegt in ihre Richtung und das eine Pfötchen der Katze war achtsam angewinkelt. Das Fell glänzte tiefschwarz in der Nachmittagssonne und Lotta fand auf seltsame Weise ganz besonderen Gefallen an dem Vierbeiner. Natürlich hatte sie schon oft streunende Katzen gesehen und trotzdem war sie völlig verzaubert von dem Anblick des Tieres.

»Kommst du nun endlich oder willst du lieber noch etwas mit der streunenden Katze spielen?«, fragte Jette amüsiert. Lottas Freundin hatte das Tier scheinbar schon viel früher bemerkt, ihm aber dann keine weitere Beachtung geschenkt. Lotta hingegen fand den Vierbeiner mit seinem hübschen Fell und den funkelnden Augen auf geheimnisvolle Art faszinierend und wollte den Blick kaum von ihm abwenden.

»Ich komme ja schon«, sagte Lotta schließlich und machte sich daran, Jette und Paul ins Schulgebäude zu folgen. Als Lotta einen letzten Blick über die Schulter warf, saß die Katze immer noch wie festgewachsen am Zaun vor der Straße und schien sie aufmerksam dabei zu beobachten, wie sie langsam ins Gebäude schritt.

Lotta verabschiedete sich eilig von Paul und Jette, bevor sie zu Papa Leander rannte, der bereits vor dem Schultor auf seine Tochter wartete. Freitags wurde Lotta immer von einem Elternteil abgeholt und musste den Heimweg von der Schule nicht alleine bestreiten. Lotta umarmte ihren Vater fest und obwohl er breit bis über beide Ohren lächelte, merkte sie ihm jedoch sofort seine Müdigkeit an. Vermutlich hatte Papa wieder einmal einen langen Tag im Büro hinter sich und war geschafft, dachte Lotta und ließ in trauriger Niedergeschlagenheit ihre Schultern ein wenig hängen. In letzter Zeit waren ihre Eltern nur noch mit ihrer Arbeit beschäftigt gewesen, saßen dann am Abend oft schweigend im Wohnzimmer, starrten gemeinsam auf den flimmernden Fernseher und schienen ihre Tochter gar nicht mehr richtig wahrzunehmen.

Auf dem Heimweg erzählte Lotta von ihrem langweiligen Tag in der Schule und gab Witze über Herrn Blum zum Besten, den sie mittlerweile recht gut nachäffen konnte. Papa Leander lachte trotz aller Müdigkeit etwas matt, aber nicht weniger herzlich über die Späße seiner Tochter und für einen Moment war auch Lotta wieder etwas besser drauf. Von der Fünf in Mathe erzählte sie ihm jedoch vorerst nichts, denn das hätte nur die gute Laune verdorben. Lotta hatte im Moment keine Lust darauf, sich wieder eine ewig lange Rede darüber anzuhören, wie wichtig doch das aufmerksame Lernen in der Schule sei und dass sie doch endlich aufhören solle, ihre Nase immer nur in ihr nutzloses Geschichtenbuch zu stecken.

Gerade als sie in den kleinen Weg zu ihrem Haus einbiegen wollten, rannte flink etwas Schwarzes zwischen ihren Beinen hindurch und verschwand im großen Busch neben dem Mehrfamilienhaus, in dem Lotta und ihre Eltern wohnten. Obwohl alles blitzschnell geschah, konnte das Mädchen einen kurzen Blick auf einen schwarzen langen Schwanz erhaschen, bevor dieser im Gestrüpp verschwand.

Lotta war gerade dabei, ihrem Papa ins Haus zu folgen, als sie plötzlich für den Bruchteil einer Sekunde glaubte, zwei große, grün leuchtende Augen im Dickicht erkennen zu können.

Komisch, dachte Lotta und trat stirnrunzelnd durch die Tür.

Die viel zu kleine Tür

Zuhause angekommenen hängte Lotta brav ihre Jacke an den Haken, stellte ihre Schultasche in die Ecke und huschte leise in ihr Zimmer. Mama Leander stand in der Küche, bereitete das Abendbrot zu und sagte nicht sehr viel. Die Stimmung war mal wieder niedergeschlagen und Lotta entschied, dass es wohl besser sei, sich bis zum Abendessen in ihr Zimmer zu verkriechen, als dabei zuzusehen, wie sich ihre Eltern trostlos anschwiegen.

Lottas Zimmer war wie immer unaufgeräumt und es sah aus, als hätte jemand eine Kanone aus bunt beschriebenen Zetteln und Kleidern darin abgefeuert. Lotta fühlte sich in ihrem chaotischen Zimmer pudelwohl - sehr zum Ärger von Mama und Papa Leander, die sich nicht selten die Zehen an Lottas Büchern stießen oder auf bunte Malstifte traten, was natürlich immer höllisch wehtat. In dieser kunterbunt chaotischen Festung aus Tinnef saß Lotta zu gerne und malte Bilder oder spielte mit ihren Actionfiguren, die sie danach immer sorgfältig in einer ordentlichen Reihe ans Fenster stellte. Mittlerweile besaß sie eine ganze Armee solcher Figuren, welche sie beflissen sammelte. So tummelten sich in ihren Regalen und auf dem Fensterbrett mittlerweile Kobolde, Hexen, Zauberer, Drachen und Ritter. Wenn sie mal nicht gerade ihre Nase in ihr vollgeschriebenes Geschichtenbuch steckte, verbrachte sie manchmal Stunden damit, mit ihren Figuren zu spielen und sich dabei neue, aufregende Geschichten auszudenken. Sie machte sich gerade daran, ihre liebste Figur, den Zauberer mit der himmelblauen Robe, zurück auf die Fensterbank zu stellen, als Mama Leander zum Abendbrot bat. Lottas Mutter war eine vorzügliche Köchin und das Mädchen freute sich meistens darauf, seine kleinen Füße mit den verdrehten Socken unter den Tisch zu stecken und herzhaft zuzulangen.

Meistens.

Heute war keiner dieser Tage, denn es gab Gemüseauflauf. Lotta Leander mochte kein Gemüse - vor allem dann nicht, wenn es grün war. Doch da sie ein anständiges Mädchen war und die Kochkünste ihrer Mama nicht beleidigen wollte, quälte sie sich einen Teller des heiß dampfenden Auflaufs hinunter und verbrannte sich dabei fast den Mund. Nachschlag wünschte sie natürlich keinen.

Anschließend machte sie sich fertig fürs Bett und wartete gespannt auf die allabendliche Geschichte von Mama Leander. Als diese das Zimmer betrat, merkte Lotta sofort, dass es vermutlich keine lange und auch nicht so aufregende Geschichte werden würde. Müde und seufzend kuschelte sich Mama Leander zu ihrer Tochter und sagte eine ganze Weile gar nichts. Nach einem gefühlt unendlichen Moment des Schweigens drehte sie sich schließlich zu Lotta und sprach sie auf den Mathetest an, den sie im Schulranzen ihrer Tochter gefunden hatte.

»Dein Vater und ich machen uns langsam ernsthafte Sorgen«, begann Mama Leander mit müder Stimme. »Immerzu bist du nur mit deinem komischen Buch beschäftigt, doch deine Schulnoten werden ständig schlechter.«

Lotta stierte stumm an die Decke ihres Zimmers und rührte keinen Finger.

»Du bist kein kleines Kind mehr und musst endlich damit anfangen, Verantwortung für dich selbst zu übernehmen«, fügte Mama Leander hinzu und rieb sich die Augen. »Dein Vater und ich haben uns daher überlegt, dir dein Buch vorerst wegzunehmen. Zumindest solange, bis du endlich anfängst in der Schule besser aufzupassen.«

Als sie fertig war und das große Buch aus Lottas Schultasche gezogen hatte, gab sie Lotta noch einen Kuss auf die Stirn, schaltete die kleine Nachttischlampe neben Lottas Bett aus und schlich dann aus dem dunklen Zimmer.

Das Mädchen war plötzlich sehr traurig und hatte bittere Tränen in den Augen.

Ihre Eltern waren unentwegt gestresst, hatten immer weniger Zeit für Lotta und ihr nun zu allem

Übel auch noch ihr heiß geliebtes Geschichtenbuch weggenommen.

Es wäre wohl das Beste, wenn ich einfach meine sieben Sachen packen und von hier verschwinden würde, dachte sie sich und weinte leise schluchzend in der Dunkelheit ihres Zimmers.

Gerade als sie sich zum Einschlafen umdrehen wollte, hörte sie ein »Plumps!«.

Lottas geliebter Zauberer in seiner himmelblauen Robe war plötzlich von der Fensterbank gefallen und lag mit dem Gesicht nach unten auf dem Boden. So konnte sie nicht einschlafen, dachte sich Lotta und beschloss ihn wieder an seinen Platz zu stellen. Flink und leise schlüpfte sie aus ihrem Bett, hob die Puppe vom Teppich auf, setzte sie wieder zurück auf die Fensterbank und richtete kurz den Saum seiner Kutte. Als sie wieder ins Bett gehen wollte, bemerkte sie die schwarze Katze draußen vor ihrem Fenster. Mit angewinkeltem Pfötchen saß sie in der dunklen Nacht unter der Laterne und schaute sie mit schiefen Köpfchen direkt an. Fast so, als wollte sie Lotta zum Spielen abholen. Das Mädchen musste etwas grinsen und fand Gefallen an dem hübschen Tier mit seinem glänzend schwarzen Fell und den leuchtend grünen Augen.

Vermutlich fühlt sie sich allein und sehnt sich nach Gesellschaft, dachte sich Lotta. Das erschien ihr ein durchaus nachvollziehbarer Gedanke zu sein, denn sie fühlte sich manchmal ganz genauso. Leise stahl sie sich aus ihrem Zimmer, huschte vorbei an dem Wohnzimmer, in dem sie den Fernseher ihrer Eltern flimmern sah, zog sich dann ihre festen Schuhe an und schnürte diese halbherzig und in aller Eile zu. Dann nahm sie sich ein kleines Schälchen mit Milch aus der Küche und verließ vorsichtig auf leisen Sohlen die Wohnung.

Draußen angekommen, saß die Katze noch immer unter der Laterne und beobachtete Lotta aufmerksam. Angst schien die Katze nicht zu haben. Neugierig schielte sie auf das Schälchen mit Milch in Lottas Hand. Als sich das Mädchen vorsichtig näherte, erhob sich die Katze, schlenderte behutsamen Schrittes auf Lotta zu und schmuste sich dann schnurrend an deren Beine. Mit einem breiten Grinsen im Gesicht, stellte das Mädchen vorsichtig das Schälchen mit der Milch auf den Bürgersteig. Sogleich fing die Katze an leise schmatzend davon zu trinken und ihr pechschwarzer Schwanz zuckte freudig dabei.

»Lecker, lecker«, hörte Lotta jemanden sagen.

Erschrocken drehte sie sich zur Haustür um. Für einen Moment dachte sie, dass Papa Leander sie dabei erwischt hätte, wie sie sich heimlich aus der Wohnung geschlichen hatte. Doch die Tür hinter Lotta hing immer noch leicht angelehnt in ihren

Angeln und weit und breit war keine Menschenseele zu sehen.

Lotta schüttelte verdutzt den Kopf. Sie hatte sich das vermutlich nur eingebildet. Schließlich war es bereits spät und die zunehmende Müdigkeit trug gewiss ihr Übriges dazu bei. Da kann es schon einmal vorkommen, dass man seltsame Dinge hört.

»Könnte ich noch etwas von der vorzüglichen Milch haben?«, fragte die Stimme von eben plötzlich wieder.

Lotta sah verdutzt nach unten. Die Einzigen auf der Straße waren doch nur sie und die Katze.

»Nun? Könnte ich noch etwas von der Milch haben, oder bist du auf dem Bürgersteig festgewachsen?«, fragte die schwarze Katze amüsiert. Ihre grünen Augen schauten sie dabei freundlich an.

»Du kannst ja sprechen«, stellte Lotta verwundert fest.

»Natürlich kann ich das. Du kannst es ja auch«, antwortete das Tier.

»Aber Katzen können nicht sprechen. Nur Menschen können das«, sagte Lotta ungläubig und zog sich an beiden Ohrläppchen.

»Nur weil du noch nie einer Katze zugehört hast, heißt das nicht, dass sie es nicht kann. Ihr Menschen wollt immer nur das Schnurren und Miauen hören, dabei haben wir Katzen eigentlich eine Menge zu sagen«, entgegnete der Vierbeiner und fing an, sich mit gleichgültiger Manier zu putzen.

»Was bist du nur für ein wundersames Kätzchen, dass du sprechen kannst«, fragte Lotta.

»Ich bin kein Kätzchen, sondern ein ausgewachsener Kater und man nennt mich Tintenfass«, sagte das Tier mit höflicher Stimme. »Und du musst Lotta Leander sein.«

Ich muss wohl träumen, dachte sich das Mädchen und rieb sich die Augen.

»Woher weißt du meinen Namen?«, fragte sie schließlich.

»Ich beobachte dich schon eine Weile.«, antwortete Kater Tintenfass. »Und du scheinst ein liebes und wohlerzogenes Mädchen zu sein und nicht so eine laute Kratzbürste wie die anderen Kinder in deinem Alter. Normalerweise nerven diese jungen Quälgeister nur, packen mich viel zu grob am Schwanz oder reden mit einem als ob man schwachsinnig wäre.«

»Danke…«, antwortete Lotta verdutzt.

»Wenn du magst, können wir beide Freunde sein und miteinander spielen«, sagte Kater Tintenfass. »Ich liebe es, Fangen zu spielen. Also fang mich, du lahme Ente!«

Ganz plötzlich und ohne Vorwarnung sprang Kater Tintenfass an Lottas Beinen vorbei und verschwand mit zwei, drei flinken Sätzen im Gestrüpp neben dem Haus.

»W-w-warte auf mich!«, rief Lotta überrascht und eilte dem schwarzen Kater ohne weiter darüber nachzudenken hinterher.

Eilig wand sie sich durch das Gebüsch und bemerkte vor lauter Aufregung gar nicht, wie die Zweige an ihrem Schlafanzug zerrten. Als sie auf der anderen Seite aus dem Busch stolperte, sah Lotta für einen kurzen Augenblick den schwarzen Schwanz des Katers in der offenen Tür des Gartenschuppens verschwinden. Eilig setze Lotta ihre Verfolgungsjagd fort und rannte in das kleine, schiefe Holzhaus.

Kaltes Mondlicht erhellte den kleinen Raum schwach und zauberte lange Schatten an die Wände. Etwas gruselig war das Ganze schon, aber Lotta war so sehr damit beschäftigt den Kater zu fangen, dass sie sich davon nicht weiter verunsichern ließ.

Im Schuppen angekommen rief sie leise und völlig außer Puste nach dem Kater Tintenfass.

Wo steckst du nur, dachte sich Lotta und sah sich zwischen dem ganzen Krempel um, der überall im Gartenschuppen stand. Im düsteren Halbdunkel um sie herum befanden sich ein altes und wackeliges Holzregal, welches vollgestellt war mit allerlei verbeulten Farbdosen, sowie eine alte Werkzeugbank, auf der ein rostiger Hammer und mehrere verbogene Nägel herumlagen.

In der hintersten Ecke des Schuppens lugte Tintenfass mit seinen grünen Augen schelmisch hinter der Werkzeugbank hervor.

»Da bist du ja endlich!«, rief Lotta und eilte in die schmale Ecke.

»Ich dachte schon du holst mich niemals ein, du langsame Schnecke«, entgegnete Tintenfass kichernd und fing an gelangweilt seine linke Pfote zu putzen.

»Hey!«, entfuhr es Lotta vor lauter Empörung. »Du bist ein Kater und viel wendiger und schneller als ich und außerdem bin ich fast über meine Schnürsenkel gestolpert und die Zweige haben ganz furchtbar an meinem schönen Schlafanzug geziept.«

»Ist ja gut, du Heulsuse!«, antwortete Tintenfass und schlich schnurrend um Lottas Beine herum.

Lotta machte sich soeben daran, Tintenfass´ schwarzes Fell streicheln zu wollen, als sie plötzlich eine kleine Tür in der hintersten Ecke neben der Werkzeugbank bemerkte. Sie war recht klein, winzig nahezu, und gerade mal groß genug für eine von Lottas Spielfiguren. Soweit Lotta es in dem schwachen Licht erkennen konnte, schien sie aus einem dunklen, grob geschnitzten Holz gezimmert zu sein, hatte einen kleinen goldenen Knauf und sah ansonsten recht schmucklos aus.

Was ist denn das für eine kleine, ulkige Tür, dachte Lotta und kroch etwas näher heran, um sie sich genauer anzusehen.

»Weißt du, wo diese Tür hinführt, Tintenfass?«, fragte Lotta neugierig.

»Vielleicht solltest du mal versuchen, sie aufzumachen, dann findest du vermutlich selber raus, wohin sie führt«, schlug Tintenfass vor. »Ich bin schließlich nur ein Kater und so sehr ich mich auch bemühe: Mit diesen Pfoten bekomme ich diese Tür leider nicht auf.«

Etwas zögernd griff Lotta nach dem goldenen Türknauf. Klein und seltsam warm lag er zwischen Lottas Fingern und es schien fast, als würde er eigenartig summen.

Er ließ sich mühelos drehen und mit einem Male schwang die Tür lautlos auf. Dahinter sah sie einen scheinbar endlosen Tunnel, ähnlich klein und schmal wie die Tür, die ihn freigab. Ein leichtes bläuliches Licht schien den Gang gerade genug zu erleuchten, so dass man die eigene Hand vor Augen sehen konnte.

»Wo führt dieser komische Gang nur hin?«, fragte Lotta fasziniert.

»Geh doch einfach rein und dann wirst du es schon sehen«, schlug Tintenfass fast beiläufig vor.

Ein wenig unsicher war das kleine Mädchen schon, denn eigentlich sollte es längst im Bett liegen und tief und fest schlafen. Außerdem kam ihr die ganze Angelegenheit etwas unheimlich vor. Angestachelt durch Tintenfass´ kecke Sprüche und ihre eigene Neugierigkeit, legte sie sich nach einer

Weile schließlich flach auf den Bauch und zwängte sich durch die viel zu kleine Tür. Fast drohte sie in ihr stecken zu bleiben, konnte sich aber dann doch mit ihren ganzen Körper in den Gang schieben. Wie ein Räuber robbte Lotta vorsichtig durch den Tunnel, dessen Wände aus einem glatten und dunklen Stein zu bestehen schienen. Sie stellte erleichtert fest, dass er mit jedem Meter weiter und breiter wurde. Am Ende vermochte Lotta sogar auf allen vieren durch den scheinbar endlosen Tunnel zu krabbeln. Tintenfass huschte schnell zwischen ihre Beine und Arme durch und tapste einige Meter voran. Hin und wieder blieb er stehen und schaute sich nach Lotta um. Seine grünen Augen strahlten hell im schwach erleuchteten Tunnel.

Lotta hielt einen Moment inne und schaute sich die glatten Steinwände etwas genauer an. Sie glänzten wie nasser Marmor, fühlten sich dabei aber vollkommen trocken an. Der Gang schien immer steiler abzufallen und Lotta hatte Mühe, sich an dem glatten Stein festzuhalten, um nicht wie eine Kugel hinunter zu rollen. Als sie genauer hinsah, erkannte sie, dass überall verteilt kleine Kristalle in den Stein eingelassen waren, welche in einem sanften, blauen Licht strahlten. Lotta setzte ihre Krabbeltour fort und bemerkte, dass der Kater nicht mehr vor ihr her zu laufen schien – zumindest konnte sie ihn in den tiefblauen Schatten des Tunnels nicht mehr erkennen.

»Tintenfass?«, rief sie unsicher. »Wo steckst du nur wieder?«

Der Kater war nirgends zu sehen. Weiter hinten im Tunnel glaubte Lotta, ein leises Miauen zu hören. Sie fing an schneller zu robben und bekam es nun sogar ein wenig mit der Angst zu tun, scheinbar mutterseelenallein durch diesen düsteren Gang zu kriechen. Gerade, als sie nochmal nach Tintenfass rufen wollte, verlor sie das Gleichgewicht und purzelte mit der Nase voran den Tunnel hinunter.

Lotta rutschte mit beachtlichem Tempo immer tiefer in den spiegelglatten Gang hinein. Anfangs schrie sie noch aus voller Kehle vor lauter Furcht und Überraschung, doch irgendwann hörte sie damit auf. Sie schien nun schon seit einigen Minuten zu rutschen und es erschien Lotta irgendwann reichlich unsinnig die ganze Zeit wie verrückt in den finsteren Tunnel zu brüllen. So beschloss sie, ihre vor Angst immer noch zitternden Lippen zu schließen und stattdessen stumm in die endlose Tiefe vor ihr zu rasen. Manchmal machte der Gang eine scharfe Kurve und Lotta hatte alle Mühe sich nicht den Kopf zu stoßen. Wäre sie in einer dieser Wasserrutschen in einem Erlebnisbad gewesen, hätte sie freilich eine Menge Spaß gehabt. Im Moment fühlte sie sich aber eher wie eine wildgewordene Kugel, welche sinnlos durch den sich windenden, halbdunklen Tunnel kullerte. Plötzlich merkte sie, wie der rutschige Gang, in den sie gestolpert war, immer flacher abfiel, so dass sie am Ende endlich langsamer wurde und entspannt auf ihrem Po hinunter rutschen konnte.

Die Rutschpartie nahm ein schnelles Ende, als Lotta ganz ohne Vorwarnung in die Freiheit purzelte und weich auf einem riesigen, dunkelgrünen Mooskissen landete.

Irrlauf durch den Klangwald

Lotta Leander schüttelte ganz verdattert den Kopf und zupfte sich Staub und etwas Moos aus den vollkommen zerzausten Haaren. Völlig überrascht lag sie mit allen vieren von sich getreckt auf dem weichen Untergrund und schaute den glitzernden Sonnenstrahlen entgegen, die durch die saftig grünen Blätter weit über ihr blitzten.

Wo bin ich nur gelandet, dachte Lotta erstaunt und schaute sich zaghaft um. Hinter ihr war nur eine schwindelerregend hohe Wand aus glitzernd grauem Stein zu sehen, welche scheinbar endlos in den Himmel über ihr ragte. In der Felswand erblickte sie das Loch, aus dem sie gepurzelt kam. Eifrig versuchte Lotta, das Loch wieder hinauf zu klettern. Doch der Stein war einfach zu glatt und sie schaffte es trotz aller Mühe nicht, auch nur einen Meter hinauf zu krabbeln – egal, wie sehr sie sich anstrengte.

Frustriert ließ sie sich wieder auf das Moosbett fallen und atmete zwei-, dreimal tief durch.

Es bringt nichts, dachte sich Lotta und entschied, sich stattdessen lieber nach Tintenfass umzusehen.

Sie musste ganz schön lange gefallen sein, denn auf den ersten Blick sah alles um sie herum vollkommen fremd aus. Überall standen riesige Bäume, so dick, dass sie nicht mal die Arme um sie schließen konnte – wohl selbst dann nicht, wenn sie versucht hätte, diese mit Jette und Paul zusammen zu umfassen. Die Luft um sie herum roch nach feuchtem Holz und saftig grünem Gras. Hin und wieder flogen kleine Vögel flink zwischen den Bäumen umher. Lotta kannte sich etwas mit Vögeln aus, denn Papa Leander war ein leidenschaftlicher Vogelbeobachter. An manchen Wochenenden kramte er sein Fernglas und seine dicken Bestimmungsbücher hervor und erklärte Lotta den Unterschied zwischen Amsel, Eichelhäher und was da sonst so durch die Lüfte flatterte. Sie fand das alles eigentlich immer recht langweilig, versuchte sich in solchen Momenten davon aber nichts anmerken zu lassen. Aber sie genoss die gemeinsame Zeit mit ihrem Papa – egal wie lange sie sich mit ihm im Wald im Dickicht verstecken musste, und es war immerhin besser, als den halben Tag mit langweiligen Hausarbeiten zuzubringen.

Doch diese Vögel hatte Lotta noch nie zuvor in irgendeinem von Papa Leanders Büchern gesehen. In leuchtenden Farben wie aus dem Malkasten und mit langen eleganten Federn schwebten sie durch die Lüfte und zwitscherten in Klängen, die Lotta so fremd vorkamen wie alles andere um sie herum.

Das Mädchen stand auf und begann, sich weiter umzusehen. Überall zwischen den hohen Bäumen wuchsen zarte Blumen, welche in tausend schimmernden Farben glänzten. Ihre Köpfchen schwangen leicht von einer Seite zur anderen und fast schien es, als würden sie im Wind wie sanfte Glocken klingen – ganz leise zwar, aber dennoch deutlich hörbar. Staunend schritt Lotta auf eine der Blumen zu. Ihre Blütenblätter wirkten fast durchsichtig und waren wie die zarten Spitzen eines wunderschönen Sterns geformt. Lotta traute sich gar nicht sie anzufassen, so zerbrechlich sahen sie aus. Ein honigsüßer Duft strömte von ihnen aus. Mama Leander stellte immer einmal die Woche Blumen im Wohnzimmer auf und wusste allerhand darüber zu erzählen. Zu gern saß das Mädchen dann immer bei ihrer Mama und sah dabei zu, wie sie Blumenstiele anschnitt und diese in der Vase dekorierte. Lotta wusste selber mittlerweile eine ganze Menge über Blumen. Gerbera, Rosen, Lilien oder Nelken erkannte sie sofort, doch diese sonderbaren Gewächse um sie herum waren ihr völlig fremd.

Vielleicht sollte ich eine für die Mama mitnehmen, damit sie mir sagen kann, was das für Blumen sind, dachte Lotta und machte sich daran, eine zu pflücken. Als ihre Finger eine der Blüten berührten, schrie Lotta sofort kurz auf. Erschrocken schaute sie auf ihren Finger, aus dem sogleich etwas Blut heraustropfte. Sie hatte sich doch tatsächlich an den Blütenblättern geschnitten, als wären sie aus zartem, dünnem Glas.

Von denen lasse ich wohl besser die Finger, dachte sich Lotta und leckte sich das Blut von der Hand.

Von Tintenfass war immer noch keine Spur zu sehen und so entschied Lotta, die kleine Lichtung, auf der sie stand nach ihm abzusuchen. Unter jedem Busch schaute sie und um jeden Baumstamm lief sie mehrmals herum, doch von Tintenfass fehlte jede Spur.

Hoffentlich geht es ihm gut, sagte sich Lotta in Gedanken und ließ sich etwas besorgt und ängstlich wieder auf das weiche Moosbett plumpsen. Plötzlich hörte sie hinter sich ein leises Rascheln. Sofort sprang Lotta freudig auf und wirbelte herum.

»Da bist du ja endlich. Ich habe dich schon überall gesucht!«, rief sie aufgeregt.

Doch Tintenfass war weit und breit nicht zu sehen. Stattdessen stand vor ihr ein kleines, weißes... Kaninchen? Genau genommen war es gar kein Kaninchen. Es hatte nämlich kleine dunkle Knopfaugen, spitze rosa Ohren, kurze Beinchen und genauso kurze Ärmchen, welche ein kugeliges Bäuchlein umfassten. Aufrecht stand es mit schief geneigtem Kopf vor Lotta und schaute neugierig nach oben.

»Ach du meine Güte, wer bist du denn?«, fragte das Mädchen erstaunt.

»Das ist aber eine unhöfliche Frage, du kleines dummes Ding, jawoll!«, entgegnete das weiße Fellknäuel empört und stemmte die kurzen Ärmchen in die pelzigen Seiten. Irgendwie putzig sah es dabei aus, doch ein zorniges Funkeln in seinen Augen verriet, dass das kleine Wesen in diesem Moment überhaupt nicht zum Kuscheln aufgelegt war.

Lotta rieb sich verdutzt die Augen und entschuldigte sich sogleich anständig. Schließlich wollte sie niemanden mit unhöflichen Fragen verletzen.

»Ich bin ein Parmuffel«, piepste das kleine Wesen mit hoher Stimme. »Und einen Namen habe ich auch, jawoll. Param nennt man mich, jawoll.«

Lotta stellte sich brav vor und beugte sich vor lauter Verlegenheit nach unten, um den kleinen Wesen anständig die Hand zum Gruße zu reichen.

»Iiieeh! Was soll denn das?«, quiekte das kleine Parmuffel entsetzt. »Behalte gefälligst deine langen und haarlosen Finger bei dir! Ich bin doch kein Spielzeug, jawoll!«

Lotta schrak entsetzt zurück. Sie wollte nicht unhöflich sein und fühlte sich plötzlich reichlich dumm.

»Es tut mir wirklich leid«, entschuldigte sie sich. »Ich wollte wirklich nicht…«.

Plötzlich raschelte es wieder um sie herum und mit einem Male standen ganz überraschend zwei weitere Parmuffel neben Param. Sie glichen ihm fast bis aufs Haar und nur durch die Farbe des Fells ließen sie sich voneinander unterscheiden. Eines war bläulich und das andere rötlich gefärbt, doch ansonsten schienen sie aus ein und demselben Ei geschlüpft zu sein.

»Parim! Parom! Da seid ihr ja endlich, jawoll!«, piepste Param erleichtert und rieb sich aufgeregt das kleine Näschen. »Dieser nackte Riese wollte mich doch glatt anfassen, jawoll!«

Völlig empört redeten die drei Parmuffel hektisch aufeinander ein, versuchten Param zu beruhigen und streichelten ganz behutsam sein Fell. Lotta stand ziemlich verdattert daneben und wusste nicht, was sie sagen sollte. Immerhin wollte sie nicht noch unhöflicher wirken, als sie es scheinbar ohnehin schon tat. Schließlich fasste sie sich doch ein Herz und unterbrach das hektische Geplapper der drei Parmuffel.

»Ich suche doch nur meinen Freund Tintenfass damit wir zusammen einen Weg aus diesem Wald finden können«, sprudelte es aus Lotta Leander heraus. »Wir sind hier durch ein unerwartetes Missgeschick gelandet und ich will auch eigentlich nur wieder nach Hause in mein Bett.«

Plötzlich verstummten die drei Parmuffel und schauten Lotta mit ihren dunklen Knopfaugen neugierig an.

»Verlaufen hat sie sich, jawoll«, sagte Param plötzlich.

»Ungeschickt ist sie obendrein, jawoll!«, fügte Parom hinzu.

»Und sie ist ganz allein, jawoll«, stimmte Parim schließlich ein.

Lotta fühlte sich plötzlich wirklich ziemlich einsam. Da befand sie nun ganz allein an diesem sonderbaren Ort, hatte nichts am Leib als ihren zerschundenen Schlafanzug und kannte den Weg zurück nach Großstadt nicht. Außerdem machte sie sich immer noch große Sorgen um Tintenfass.

»Nun mach doch nicht so ein langes Gesicht, jawoll«, sagte Param plötzlich.

»Wir können dir helfen, jawoll«, meinte Parim.

»Wir bringen dich zu jemanden, der dich bestimmt wieder nach Hause bringen kann, jawoll«, versicherte Parom schließlich.

Lotta fühlte sich plötzlich unglaublich erleichtert.

»Würdet ihr das wirklich für mich tun?«, fragte sie überglücklich.

»Jawoll, das würden wir, du ungeschickter nackter Riese«, piepsten die drei Parmuffel zeitgleich zurück.

Mit kleinen, aber zügigen Sprüngen hüpften die drei Parmuffel eifrig voran und piepsten Lotta fortwährend mehr oder weniger freundliche Sprüche zu:

»Du bist aber groß.«

»Frierst du denn nicht so ganz ohne Haare?«

»Warst du schon immer so unhöflich zu Parmuffeln?«

»Du bist aber ziemlich ungeschickt und deine Kleidung sieht auch recht schmutzig aus.«

»Hey!«, rief Lotta plötzlich entrüstet und stampfte wütend mit einem Bein auf den weichen Waldboden. »Das ist aber nicht nett von euch. Ich habe mich verlaufen, bin in ein unglaublich tiefes Loch gefallen, habe meinen Freund verloren und will einfach nur weg von diesem Ort!«

Die drei Parmuffel blieben plötzlich stehen und schauten Lotta mit ihren kleinen Knopfaugen für einen Moment völlig verwundert an.

»Ach und obendrein ist sie auch noch eine richtige Heulsuse, jawoll!«, quiekten sie im Chor und hüpften wieder.

Lotta stapfte wütend hinter den drei Parmuffeln hinterher und hatte überhaupt keine Ahnung, wo es entlang ging.

»Moment mal«, sagte sie völlig außer Atem. Für so kleine Parmuffel waren die drei erstaunlich flink. »Wo bringt ihr mich überhaupt hin? Gefallen bin ich aus dem Loch dort hinten und ihr jagt mich immerzu durch diesen Wald, wo ein Baum dem anderen gleicht.«

»Zur traurigen Königin, jawoll«, piepsten die drei Parmuffel im Chor. »Sie gebietet über ganz Whandara, das große Reich dies- und jenseits des Klangwaldes und allem, was darin lebt und wächst, jawoll. Wenn jemand dir weiter helfen kann, dann sie, jawoll!«

Die traurige Königin, dachte Lotta verunsichert. Ob ihr jemand mit so einem Namen auch wirklich helfen könne? Und wie weit mochte dieses Whandara überhaupt von ihrem vertrauten Zuhause in Großstadt entfernt sein? Sie war zwar mit ihren Eltern schon das ein oder andere Mal in weiter entfernte Länder in den Urlaub gereist – meistens mit dem Flugzeug, was Lotta immer sehr aufregend fand – doch von so einem Land hatte sie noch nie zuvor gehört.

Aber Lotta verstand auch, dass sie kaum eine andere Möglichkeit hatte, als den drei kauzigen Parmuffeln zu vertrauen. Tintenfass war spurlos verschwunden und ihr war der Klangwald vollkommen fremd. So sehr sie die herrlich bunten Vögel, die riesigen Bäume und die wunderschön glitzernden und klingenden Blumen auch bewunderte – sie würde allein vermutlich niemals aus diesem seltsamen Wald heraus finden.

»Wie ist sie denn so, die traurige Königin?«, fragte Lotta neugierig.

»Sie bläst immerzu Trübsal, jawoll«, entgegneten die drei Parmuffel zeitgleich, als ob sie immer genau wüssten, was der andere in einem Moment sagen wollte. »Sie ist eine großartige Königin und jeder hier in Whandara liebt und respektiert sie, jawoll. Das solltest du übrigens auch, jawoll!«

»Moment mal!«, sagte Lotta verdutzt. »Wie kann man jemanden lieben und respektieren, wenn er immerzu Trübsal bläst? Mit so jemanden verbringt doch nun wirklich niemand gern seine Zeit.«

»Unverschämt ist sie auch noch, jawoll«, entgegneten die Parmuffel und eilten nun noch schneller durch das Unterholz des Waldes. »Das wird der Königin ganz und gar nicht –«

Noch bevor die Parmuffel ihren Satz zu Ende quieken konnten, schoss blitzschnell etwas Schwarzes auf die drei Fellknäuel zu, woraufhin die drei Wesen sofort anfingen ängstlich zu piepsen.

Der verloren geglaubte schwarze Kater jagte plötzlich fauchend den drei Parmuffeln hinterher und beschimpfte sie mit allerlei schlechten Wörtern, die man hier lieber nicht lesen möchte. In völliger Panik hopsten die Parmuffel umher in ihrem verzweifelten Versuch, dem böse fauchenden Tintenfass zu entkommen. Lotta hatte plötzlich Angst, dass er den kleinen Wesen tatsächlich etwas antun würde. Aber sie begriff auch schnell, dass es für den wendigen Kater vermutlich ein Leichtes gewesen wäre, die drei Parmuffel mit einem ordentlichen Satz wie Papier in der Luft zu zerreißen. Stattdessen versuchte er lediglich, die drei pelzigen Gesellen zu vertreiben. Nach einer Weile hopsten die drei Parmuffel schimpfend in alle Himmelsrichtungen davon. Param blieb noch einmal kurz auf dem Absatz stehen, schaute Tintenfass mit seinen kleinen Knopfaugen böse an und hielt sein winziges Fäustchen drohend empor, bevor er seinen zwei Gefährten hinterher hoppelte und endgültig im Dickicht des Waldes verschwand.

»Tintenfass! Da bist du ja!«, rief Lotta erleichtert. »Warum hast du denn die drei Parmuffel so gemein behandelt? Sie waren doch viel kleiner als du und wollten mir doch nur helfen.«

»Du kannst dich ruhig später bei mir bedanken«, entgegnete Tintenfass gelangweilt und putzte sich das Fell. »Parmuffel helfen niemanden, sondern machen meistens sogar alles nur noch schlimmer.«

Die drei Fellknäuel waren zweifelsohne frech und anstrengend laut, doch Lotta verstand trotzdem nicht, warum Tintenfass deswegen gleich seine Krallen ausfahren musste.

»Schau dich doch einmal ganz genau um, wohin sie dich tatsächlich geführt haben«, sagte Tintenfass.

Lotta blickte um sich und verstand plötzlich genau, was Tintenfass meinte: Sie war keinen einzigen Kilometer weit gekommen. Durch die Baumstämme hindurch war immer noch die Felswand mit dem Loch darin zu erkennen, aus dem sie kurze Zeit vorher gefallen war. Die Parmuffel hatten sie die ganze Zeit im Kreis herumgeführt und

Lotta kam es bei all der Hektik nur so vor, als ob sie durch den halben Wald gerannt wären.

»Parmuffel haben einen ganz furchtbaren Orientierungssinn und verlaufen sich ständig«, bemerkte Tintenfass und schüttelte den Kopf. »Vermutlich suchen sie schon seit einigen Jahren den Eingang zu ihrer Wohnhöhle und laufen immer wieder aufs Neue daran vorbei. Und obendrein sind sie auch noch äußerst nervig und unfreundlich!«

»Sie wollten mich doch aber zur traurigen Königin führen«, antwortete Lotta mit leiser Stimme. »Sie ist wohl die einzige, die mir den Weg nach Hause zeigen kann. Doch das kann ich nun wohl vergessen...«

Das Mädchen fühlte sich mit einem Male ziemlich miserabel. Sie war weit weg von ihren Eltern, die sich vermutlich schon große Sorgen machten. Außerdem fühlte sie sich schmutzig und hatte auch keine Lust mehr in einem kaputten und dreckigen Schlafanzug durch diesen komischen Wald zu irren.

»Zur traurigen Königin willst du?«, fragte Tintenfass keck. »Das ist ein weiter Weg, aber ich kann ihn dir gern zeigen, wenn du mich lässt.«

Lotta traute sich gar nicht erst zu fragen, woher Tintenfass die traurige Königin kannte oder warum er den Weg zu ihr wusste. Stattdessen entschied sie, ihrem ungewöhnlichen Gefährten zu vertrauen und ihm auf Schritt und Tritt zu folgen.

Tintenfass schlich geschmeidig um eine der zarten, sanft klingenden Blumen herum und fing an, vorsichtig an ihrer Blüte zu schnüffeln. Dann hob er eine Pfote und stupste die Blume sanft an, so dass ihr Köpfchen anfing, hektisch zu wackeln. Plötzlich ertönte ein hoher und glasklarer Ton, als würde jemand eine winzig kleine Glocke läuten.

»Fabelhaft!«, rief Tintenfass. »Merke dir diesen Klang, denn dem müssen wir folgen.«

Mit einem Satz sprang der Kater elegant auf die nächste Blume zu, schnüffelte an ihr und wiederholte den Hieb mit seiner Pfote. Auch die nächste Blüte gab genau den gleichen glasklaren Ton von sich und so sprangen Lotta und Tintenfass im Zickzack scheinbar ziellos durch den Wald und brachten eine Blume nach der anderen zum Klingen.

Zuerst war sich Lotta nicht sicher, ob Tintenfass wirklich wusste, wie sie aus dem Wald kommen würden, doch dann bemerkte sie, dass die dichten Bäume sich allmählich lichteten und den Blick auf eine weitläufige hügelige Wiese freigaben.

Die traurige Königin

Lotta Leander atmete erleichtert auf, als sie auf die Wiese trat und sich endlich die warmen Sonnenstrahlen auf die Nase scheinen lassen konnte. Vor ihr lag ein scheinbar endloses Meer aus kniehohem, saftig grünem Gras. Die langen Halme wogen im Wind langsam hin und her.

»Du bist wirklich ein kluger Kater«, sagte Lotta immer noch beeindruckt. »Aber wo finden wir die traurige Königin? Hier gibt es doch nur Gras, soweit das Auge reicht.«

»Keine Panik«, entgegnete Tintenfass amüsiert. »Wir haben es immerhin aus diesem dicken Wald geschafft und das ist doch schon einmal was. Und wenn du mal ganz aufmerksam nach Osten schaust, dann kannst du sogar schon den Palast der traurigen Königin sehen.«

Lotta hatte wahrlich keine Ahnung, wo denn in dieser fremden Gegend nun genau Osten sein sollte und ließ unsicher den Blick von links nach rechts schweifen. Und tatsächlich: Weiter hinten am Horizont glitzerten in prächtigen Regenbogenfarben die imposanten Türme des Palastes der traurigen Königin. Weiße Fahnen tanzten fröhlich im Wind und ließen alles noch viel festlicher wirken.

Nach einem recht langen und ermüdenden Fußmarsch durch das kniehohe, weiche Gras erreichten Lotta und Tintenfass endlich eine lange Brücke. Das Mädchen staunte nicht schlecht, als sie bemerkte, dass diese aus dem reinsten und schönsten Kristall gefertigt war. Überall funkelte und glitzerte es im hellen Sonnenlicht und Lotta stand mit offenen Mund am Ende der Brücke und traute sich nicht so recht, auch nur einen Zeh darauf zu setzen.

»Nun komm schon oder willst du so kurz vorm Ziel hier festwachsen?«, drängte Tintenfass und sprang leichtfüßig auf die Kristallbrücke.

Das Mädchen nahm allen Mut zusammen und ging vorsichtig über die Brücke auf die großen, glitzernden Tore des Palastes zu. Aus der Nähe betrachtet sah dieser noch viel eindrucksvoller aus. Seine Mauern schienen fast durchsichtig zu sein und Lotta glaubte, dahinter die Bewohner dieses prunkvollen Gebäudes entlanggehen zu sehen. Als die beiden direkt vor den haushohen Türen des Eingangs stehen bleiben, öffneten sich diese ohne ein einziges Knarzen und Knirschen wie von Zauberhand.

Lotta trat in den Palast und stellte fasziniert fest, dass es drinnen genauso hell war wie draußen. Die Sonne schien durch die dicken Kristallmauern des Palastes und zauberte überall funkelnde Regenbogenfarben an die Wände.

Gerade als Lotta sich staunend umsah und mit offenem Mund die große Halle im Inneren bewunderte, kam ein kleiner, hektischer und kugelrunder Mann eine imposant gewundene Treppe hinuntergeeilt. Er war in einem adretten Anzug aus grünen und silbernen Streifen gekleidet, welcher ihm am Bauch etwas zu eng zu sein schien und mit seinem leicht errötetem Glatzkopf sah er aus wie eine zu kurz geratene, etwas wuchtige Stecknadel.

»Besuch! Besuch! Wir haben Besuch!«, zwitscherte er mit einem breiten, aufgesetzten Lächeln auf dem Gesicht.

Mit quietschenden Schuhen kam er mindestens fünf Armlängen vor Lotta zum Stehen.

»Wer seid ihr und was verschafft uns die Ehre eures Besuches?«, fragte der kleine Mann mit ausgebreiteten Armen und verbeugte sich so tief, wie es sein kugelrunder Bauch zuließ.

»Ich… mein Name ist Lotta Leander aus Großstadt und ich habe mich verlaufen«, antwortete das Mädchen kleinlaut.

»Ich verstehe«, entgegnete der kleine Mann immer noch breit lächelnd. »Nun, das ist natürlich ein tragisches Missgeschick, kleine Dame, aber ich kann Ihnen bei Ihrer Problematik nun wahrlich nicht weiterhelfen.«

Der kleine Mann versuchte äußerst höflich und gastfreundlich zu klingen, doch Lotta glaubte trotzdem ein klein wenig Gleichgültigkeit in seiner Stimme hören zu können.

»Du kannst ihr vielleicht nicht helfen, aber die Königin kann es doch bestimmt«, platzte Tintenfass plötzlich hervor.

Sofort wanderten die großen blauen Augen des kugelrunden Männleins hinunter zu Lottas linkem Bein, um welches der schwarze Kater schnurrend schlich.

»Tintenfass …«, entgegnete der kleine Mann mit genervter Stimme. »Ich hätte wissen müssen, dass nur ein verlauster Flickenteppich, wie du es einer bist, einen solch… wahrlich unpassend gekleideten Gast in den Kristallpalast bringen kann, um dann auch noch um eine Audienz bei der Königin zu bitten.«

Prüfend beäugte der kleine Mann Lotta in ihrem schmutzigen und teilweise zerrissenen Schlafanzug von Kopf bis Fuß. Lotta sah an sich hinunter und zupfte voller Scham an ihrem Oberteil. Auch sie fand, dass ihre Kleidung für einen königlichen Besuch wahrlich nicht geeignet war. Peinlich berührt und etwas traurig ließ Lotta die Schultern hängen.

»Nox, Sie sind wahrlich unverbesserlich! Nun seien Sie doch nicht so kleinlich und empfangen Sie unseren Besuch ruhig etwas freundlicher!«, rief eine helle Stimme von weiter oben.

Lotta schaute die große gewundene Kristalltreppe hinauf und erblickte am oberen Ende eine schlanke Frauengestalt. Sie war in einer eng anliegenden, weißen Robe gekleidet, die im einfallenden Sonnenlicht unentwegt schimmerte. Goldblonde, lange Haare hingen in eleganten Wellen über die eine Schulter und ein freundliches, strahlend lächelndes Gesicht war auf die beiden Besucher gerichtet. Fast schwebend kam die große schlanke Frau die Treppe hinunter gelaufen. Die eine Hand hielt einen Teil des langen Gewands ein Stück weit nach oben und gab so den Blick auf schneeweiße, glänzende Absatzschuhe frei.

»Bitte entschuldigt unseren lieben, guten Nox. Für gewöhnlich empfangen wir unsere Besucher mit vornehmer whandarischer Höflichkeit«, sagte die Frau gütig. Der kugelrunde Nox lief sogleich puterrot im Gesicht an und verbeugte sich so tief, dass seine kleine, speckige Stupsnase fast den spiegelglatten Kristallboden berührte.

Mit einladend ausgestreckten Armen kam die Frau elegant auf Lotta zugelaufen. Ihr freundliches Lächeln wirkte so warm, dass es vermutlich sogar Eisberge zum Schmelzen bringen konnte und Lotta spürte sogleich einen Funken neuer Hoffnung in sich aufsteigen.

»Sind Sie die traurige Königin?«, fragte Lotta hoffnungsvoll und verbeugte sich etwas unbeholfen, um höflich zu wirken. So hatte sie es oft in den

Märchenfilmen gesehen, die sie sich immer gern zusammen mit Mama Leander anschaute.

»Ach, wo denkst du hin, du kleines lustiges Dummerchen«, antwortete die elegante Frau fast schon verlegen und winkte den Gedanken sogleich kichernd mit einer zarten Handbewegung ab. An einem ihrer Finger trug sie einen hübschen Ring, verziert mit einem großen, funkelnden Edelstein, der in allen Farben nur so funkelte. »Ich bin Evandra, die Hüterin des Palastes und Schwester der Königin. Ich kümmere mich vor allem um die Geschäfte und sorge dafür, dass alles seine rechte Ordnung hat. Ganz furchtbar langweiliges Zeug. Das eigentliche Regieren überlasse ich wohl lieber meiner viel begabteren Schwester. Ich kann euch aber gern zu ihr bringen, wenn dies euer Wunsch ist. Wir bekommen nicht oft Besuch in diesen Tagen und etwas Gesellschaft wird meiner Schwester sicherlich gut tun.«

Das kleine Mädchen atmete erleichtert auf. Trotzdem mochte sie in diesem schmutzigen und zerlumpten Aufzug keiner Königin unter die Augen treten und fragte Fräulein Evandra daher höflich, ob sie sich denn vorher noch ein wenig zurechtmachen dürfte. Die elegante Frau bot Lotta mit zuckersüßer Freundlichkeit ein duftendes Schaumbad und neue Kleider an und versprach, sie anschließend der Königin vorzustellen. Dem kugelrunden Nox gefiel der Gedanke offensichtlich überhaupt nicht. Vor lauter Empörung japste er nach Luft wie ein Fisch, der am Ufer gestrandet war, wurde aber sogleich mit einem Handwinken von Fräulein Evandra weggeschickt, um sich doch lieber anderen Angelegenheiten zu widmen.

Während die elegante Evandra Lotta und Tintenfass durch die endlosen Gänge führte, erklärte sie den beiden allerlei faszinierende Dinge über Whandara und den Kristallpalast. So erfuhr das Mädchen, dass dieses zauberhafte Reich seit Anbeginn der Zeit von großen Königen regiert wurde und der Kristallpalast, durch den sie soeben schritten, seit jeher das unangefochtene Machtzentrum des ganzen Landes sei. Auch sie selber, so fügte Evandra mit bescheidenem Stolz hinzu, entstamme dieser alten und ruhmreichen Königsfamilie und durch die altehrwürdigen Hallen ihrer Ahnen zu schreiten erfülle auch sie immer mit großer Ehrfurcht. Lotta stand der Mund offen vor lauter Staunen. So etwas Prächtiges hatte sie noch nie gesehen. Überall glitzerte und funkelte es und alles schien so unglaublich groß und prunkvoll zu sein. Um sie herum herrschte ein geschäftiges Treiben. Allerlei Leute, vermutlich die vielen Bediensteten des Palastes, kamen ihnen schnellen Schrittes entgegen oder überholten sie mit voll beladenen Wäschekörben oder Aktenbergen, welche sie gekonnt auf ihren Armen jonglierten. Trotz aller Hektik um sie herum wirkte alles sehr geordnet und entspannt und jeder um sie herum hatte stets ein freundliches Lächeln auf den Lippen und grüßte zuvorkommend. Lotta ging verträumt durch die Gänge des Palastes und schaute dabei staunend nach oben, um das herrliche Kristallgewölbe zu begutachten, als sie plötzlich gegen etwas weiches stieß. Ganz verdutzt erkannte sie, dass sie vor lauter Träumerei den Blick nach vorne völlig vergessen hatte und dabei mit jemanden zusammengestoßen war. Er war ein Mann, der komplett in schwarz gekleidet war und sich gerade nach unten beugte, um seinen breitkrempigen Hut wieder vom Boden aufzusammeln.

»Oh, das tut mir aufrichtig leid«, stammelte Lotta mit vor Verlegenheit rot glühenden Wangen und schaute dem Fremden direkt in die stahlgrauen Augen. Seine schulterlangen, pechschwarzen Haare hatte er in lässigen Strähnen hinter die Ohren geklemmt.

»Das macht doch überhaupt nichts«, sagte er charmant grinsend, setzte sich seinen Hut wieder auf und tippte mit einem Finger an dessen Krempe. »Ich wünsche Euch noch einen wunderbaren Tag.«

Mit wehendem, schwarzem Umhang eilte der Fremde schließlich davon. Lotta zuckte kurz mit den Schultern und sah sich nach Fräulein Evandra und Tintenfass um. Die beiden schienen von Lottas kleinem Zusammenstoß eben nichts mitbekommen zu haben und liefen bereits ein paar Meter weiter vorn. Lotta huschte eilig an den vielen Menschen vorbei und holte ihre Begleiter einen Augenblick später schließlich ein.

Nach einer Weile bemerkte das Mädchen, dass Tintenfass sich, seit dem sie den Palast betreten hatten, äußerst seltsam benahm. Langsam und mit eingezogenem Schwanz lief er trübselig ein paar Schritte hinter Lotta. So kannte sie den sonst so forschen Kater gar nicht und fragte ihn, ob es ihm gut ginge.

»Viel zu viel Glitzer«, grummelte Tintenfass leise und verfiel danach sogleich wieder in sein katzentypisches Schweigen.

Lotta ließ sich davon aber nicht weiter beirren und entschied stattdessen den Rundgang durch den Palast in vollen Zügen zu genießen. Am Ende ihrer Tour erwartete sie eine riesige gläserne Wanne gefüllt mit blumig duftendem Badewasser und einem Schaumberg obendrauf, welcher aussah wie ein großer Berg aus herrlicher Zuckerwatte.

Lotta hätte stundenlang in dem wohltuenden Wasser sitzen können. Weder zu warm noch zu kalt war es und der Schmutz schien ganz alleine wie von Zauberhand von ihrem Körper zu verschwinden. Frisch gebadet schlüpfte sie in ein glänzend weißes Kleid, welches man für sie zurechtgelegt hatte, und kämmte sich sorgfältig die struwweligen Haare. In dem Moment, als Lotta sauber und wohlgekleidet aus dem Zimmer trat, kam Nox um die Ecke auf sie zugelaufen.

»Fräulein Evandra schickt mich, um dich zur Königin zu bringen«, sagte er mit immer noch schnippischer Stimme. »Und der verlauste Kater darf selbstverständlich mitkommen – so will es das Fräulein.«

Tintenfass schien von dem Kommentar unbeeindruckt und schlich weiterhin schweigend neben Lotta her.

Nach einem weiteren Fußmarsch vorbei an allerlei Kristall und Prunk erreichten sie endlich den großen Thronsaal. Riesige Türen mit filigranen Gravuren schwangen leise auf und gaben den Blick frei auf eine gigantische Halle, an deren hinterem Ende hoch oben auf einer breiten Treppe ein imposanter Thron stand, auf dem die traurige Königin saß.

Groß und schlank und in ein langes, grau funkelndes Kleid gekleidet, schaute sie von ihrem Thron hinunter auf Lotta und Tintenfass. Lange schwarze Haare umrahmten ihr blasses Gesicht, in dem zwei traurige dunkle Augen saßen. Sie schien zwar genauso schön und elegant wie ihre Schwester, doch teilte sie auf den ersten Blick ganz und gar nicht deren Heiterkeit.

Lotta war noch nie einer richtigen Königin begegnet und wusste daher nichts über angemessene

Benimmregeln. Und so ließ sie sich etwas plump auf ihre Knie fallen und beugte ihren Kopf voller Ehrfurcht so tief nach unten, dass ihr Kinn fest auf ihrer Brust zum Liegen kam.

»Bitte nicht, mein Kind«, sagte die traurige Königin mit sanfter Stimme. »Für gewöhnlich reicht mir eine einfache und freundliche Begrüßung.«

Lotta kam sich gerade etwas albern vor. Scheinbar waren richtig echte Königinnen gar nicht so auf Anstand und Etikette bedacht, wie es sonst in ihren Märchenbüchern immer beschrieben wurde. Also stand sie wieder auf, zog sich ihr Kleidchen zurecht, stellte sich vor und erzählte der Königin, was bisher geschehen war. Diese hörte aufmerksam zu und nickte hin und wieder sanft. Fräulein Evandra stand neben ihrer Schwester und schaute freundlich lächelnd auf Lotta hinab. Als das Mädchen fertig war mit ihrer Geschichte, erhob sich die Königin von ihrem Thron und schritt langsam die Stufen zu ihr hinunter.

»Du scheinst wahrlich verloren und einsam, mein Kind. Ich weiß nicht genau, ob ich dir helfen kann, aber ich will mein Bestes versuchen«, sagte sie mit klarer Stimme. »Jedes Wesen in diesem, aber auch in anderen Reichen hat eine Bestimmung. Oft wissen wir nicht, was genau die Aufgabe eines jeden ist oder warum man plötzlich an diesem oder jenen Ort landet, aber es passiert aus einem bestimmten Grund. Und es scheint, dass es deine Aufgabe ist, genau das heraus zu finden. Nur wer weiß, was einem im Leben tatsächlich wichtig erscheint, wird am Ende auch wieder zurück zu finden.«

Lotta hatte keine Ahnung, was die Königin damit genau meinte und schaute fragend in ihre traurigen Augen. Als ob sie es bemerkt hätte, bat die Königin das Mädchen, ihr zu folgen.

Die Divinatio-Maschine

Die Königin führte Lotta zu einer schmalen, hohen Tür neben der Treppe zum Thron am hinteren Ende des Saals. Kurz bevor sie durch die Tür schritten, drehte sich Lotta noch einmal zu Tintenfass und Fräulein Evandra um, die beide im Thronsaal zurückblieben.

»Geh nur, kleine Lotta«, sagte Evandra mit freundlicher Stimme und nickte milde lächelnd, während sie sanft durch Tintenfass´ glänzend schwarzes Fell strich. »Nur der amtierenden Königin ist der Zutritt zu diesem Teil des Palastes gestattet.«

Als Lotta in den Raum hinter der Tür trat, verschlug es ihr erneut den Atem: Im Gegensatz zum Rest des Palastes stand sie nun in einem halbdunklen Raum, in dessen hintersten Ecken lange, schwarze Schatten emporkrochen. Etwa tellergroße Lichter tanzten rhythmisch in allen Farben an den Wänden entlang, welche wiederum mit großen Statuen von Menschen in prunkvoller Kleidung aus pechschwarzem Kristall verziert waren. Doch noch viel mehr wunderte Lotta sich über das, was sich mitten in diesem Raum befand.

Eine Art riesige Maschine ließ unzählige geheimnisvoll glühende Kügelchen auf einem wirren Durcheinander von etlichen Bahnen langsam entlang rollen, welche ihrerseits aus einer Art filigranem Draht zu bestehen schienen. Jede einzelne dieser Kugeln glitt lautlos und in bedächtiger Gleichmäßigkeit in spiralförmigen Kurven von oben hinab. Hin und wieder teilten sich die Bahnen wie kleine Straßen; eine Kugel rollte im ersten Moment in die eine Richtung, während die nächste, scheinbar zufällig, in eine völlig andere weiter kullerte. Unter dem Netz aus spindeldürrem Draht waren riesige gläserne Gefäße zu sehen, welche ihrerseits auf eigenartigen Füßen aus geschwungenem Metall ein paar handbreit über dem steinernen Boden in Schwebe gehalten wurden. Groß wie bauchige Wasserkübel waren sie und jede schimmerte in einer anderen geheimnisvollen Farbe. Am Ende ihrer Reise schien jede der kleinen Kügelchen leise klingend in einem der großen Behälter zu landen. Die einzelnen Gefäße waren alle in der Mitte der Maschine in einem perfekten Kreis zueinander platziert. Jedes hatte unten ein kleines Loch, gerade groß genug, dass immer eine der zarten Kugeln auf ein Mal hindurch passte. Und so geschah es hin und wieder, dass einzelne Kügelchen geräuschlos durch die unteren Öffnungen fielen und auf einem weiteren, zarten Geflecht aus Bahnen langsam in die Mitte des Raumes taumelten, nur um dort schließlich in einem Loch zu verschwinden. Eigentlich hätte es im ganzen Raum nur so klirren und klappern müssen, dachte Lotta, doch tatsächlich ging es erstaunlich leise zu. Hin und wieder konnte das Mädchen ein geheimnisvolles Klingen hören, wenn die Kügelchen in einem der Behälter landeten, doch ansonsten herrschte völlige Stille.

»Sie ist beeindruckend, nicht wahr?«, bemerkte die Königin.

Lotta war völlig fasziniert von dem Anblick vor ihr, denn so etwas hatte sie wahrlich noch nie zuvor in ihrem Leben zu Gesicht bekommen.

»Dies ist die Divinatio-Maschine«, fuhr die Königin fort. »Meine Ahnen hüten sie seit vielen hunderten Jahren und Legenden behaupten, ein weiser und geschickter Erfinder am Ende dieser Welt hätte sie einst hergestellt. Warum er dies tat und was er damit bezweckte, vermag niemand mehr zu sagen. Es spielt auch keine Rolle mehr, denn viel wichtiger ist das, was sie macht.«

»Kann diese Maschine mir helfen nach Hause zu gelangen?«, fragte Lotta leise und mit trockenem Mund.

»Ich befürchte nicht«, antwortete die Königin. Aufrichtiges Bedauern lag in ihrer Stimme. »Diese Maschine ist lediglich ein Spiegel der Schicksale aller Lebewesen dies- und jenseits der Grenzen von Whandara.«

Schicksal? Das war eins von diesen großen Worten, die Lotta schon öfters bei den Erwachsenen gehört hatte, doch sie hatte nie so recht verstanden, was es eigentlich meinte.

»Das Leben aller Wesen ist wie ein schmaler Pfad, den man vom Anfang bis zum Ende entlang läuft. Das eine Mal geht es bergauf und ein anderes Mal auch wieder bergab. Manche Wegabschnitte sind steiniger als andere und hin und wieder gabelt sich der Weg und man muss sich für eine Richtung entscheiden. Doch egal, welchen Pfad man einschlägt oder wie oft man auch ausrutscht, am Ende erreicht man immer ein ganz bestimmtes Ziel. Und genau das macht diese Maschine: Sie zeigt uns auf, wo die Reise des Lebens anfängt und wo sie am Ende aufhören wird.«

»Und die Kugeln, die unten wieder rauskommen und in dem Loch verschwinden?«, fragte Lotta. »Was ist mit denen?«

Die Königin seufzte schwermütig und schaute bedrückt nach unten auf den steinernen Boden.

»Diese Wesen treten die letzte Reise ihres Lebens an, bevor sie dann für immer im Nichts verschwinden.«

Auch ohne viel Ahnung von all dieser magischen Technik zu haben, verstand Lotta sofort, was das bedeutete: Die schwach leuchtenden Kugeln, die am Ende in das Loch kullerten, hatten ihr Leben verbraucht und waren dabei, für immer zu verschwinden. Wessen Lebensenergie diese Seelenkugeln auch immer enthielten, sie würden nie wieder auf den spiralförmigen Bahnen umher wandern und das machte Lotta sehr traurig.

»Ich kann deinen Kummer verstehen«, sagte die Königin sanft und legte ihr tröstend ihre zarte Hand auf die Schulter. »Ich habe es all die Jahre selbst immer und immer wieder bei so vielen Wesen beobachten müssen. Ich hoffte, mich eines Tages daran zu gewöhnen, aber es erfüllt mein Herz jedes Mal von Neuem mit unendlicher Trauer. Doch so ist das Leben. Wir alle teilen das gleiche Schicksal und es gibt nichts, was man dagegen ausrichten kann.«

Lotta erschien das alles so unglaublich sinnlos. Bestand ihr Leben wirklich nur daraus, auf endlosen Bahnen entlang zu irren, bis sie am Ende vergessen und verloren in einem finsteren Loch verschwand?

»Aber was hat das mit mir und meinem Problem zu tun?«, fragte Lotta mit zittriger Stimme. »Wollen Sie mir damit sagen, dass ich jetzt auch im Nichts verschwinden und sterben werden?«

Die Königin lächelte sanft und schüttelte langsam ihren Kopf.

»Aber nein, mein gutes Kind. Dein Leben ist noch hell erleuchtet und jung«, antwortete sie tröstend. »Komm ruhig etwas näher, ich zeige es dir.« Elegant schritt die Königin an die Maschine heran und schaute konzentriert auf die unzähligen

Kugeln, die oben ganz langsam auf den Bahnen entlang rollten.

»Ah ja«, sagte sie plötzlich und fing an, ihre eleganten Hände sanft umher zu schwingen. Mit einem Male schwebte eine kleine Kugel aus einem der Gefäße heraus und glitt lautlos durch die Luft auf Lotta und die Königin zu.

»Diese Seelenkugel enthält all das, was dich als Menschen ausmacht. Deine Erfahrungen, deine Träume und Wünsche, aber auch deine Ängste«, sagte die Königin. »All diese Dinge entscheiden über deine Wege und Entscheidungen. Ich schaue sie mir mal kurz genauer an.«

Mit leicht zusammen gekniffenen Augen blickte die Königin konzentriert in die kleine Kugel, welche plötzlich noch heller anfing zu leuchten. Nach einer kurzen Weile nickte sie mit wissender Miene und zählte einige der Ängste und Wünsche auf, die Lotta in ihrem Innersten trug und welche sie bislang noch nie jemanden erzählt hatte. Das Mädchen fand das alles ausgesprochen beeindruckend, wenngleich sich im selben Moment auch sogleich etwas Unbehagen in ihr breit machte. Eine vollkommen fremde Person wusste plötzlich einzig durch den bloßen Blick in eine kleine Kugel nahezu alles, was Lottas Leben ausmachte. Auch die Angst, dass ihre beiden Eltern sie nicht mehr lieb haben und eines Tages einfach vergessen würden.

»Du bist verloren in deinen Ängsten etwas zu verlieren, was dir sehr viel bedeutet«, sagte die Königin sanft. »Und das ist der Grund, warum deine Seelenkugel in diesem Gefäß gelandet ist. Das ist der Grund, warum du hier in meinem Reich gelandet bist. Normalerweise müsste deine Seelenkugel hoch oben ihre Bahnen ziehen. Unsere Welten scheinen enger miteinander verbunden sein, als ich bisher annahm. Du bist ein Menschenkind und dürftest eigentlich nicht hier bei mir in Whandara sein, sondern müsstest dich daheim in deiner Welt deinen wahren Ängsten stellen.«

Lotta wollte wissen, ob die Königin ihr helfen könnte, wieder nach Hause in ihr kuscheliges Bett zu gelangen, doch diese schüttelte nur traurig den Kopf.

»Darüber zu entscheiden, ist mir leider strengstens untersagt«, antwortete die Königin. »Meine einzige Macht besteht darin, über diese Maschine mit allen Seelen in ihr zu wachen. Es gibt nur eine Person, welche die Macht besitzt, daran etwas zu ändern und das bist allein du.«

Mit einer leichten Handbewegung schickte sie Lottas Seelenkugel wieder zurück an ihren Platz. Lotta fand das alles plötzlich überhaupt nicht mehr hilfreich und merkte einen dicken, bitteren Kloß in ihrem Hals wachsen. Es war also ihre Schuld, warum sie sich überhaupt erst in dieser misslichen Lage befand und sie allein war es auch, die sich wieder daraus befreien musste. Keiner wollte ihr helfen. Dicke Tränen fingen plötzlich an ihren Wangen herab zu kullern und aus lauter Hilflosigkeit und Trauer rannte sie aus diesem seltsamen Raum zurück in den Thronsaal.

Fräulein Evandra und Kater Tintenfass kamen sofort auf Lotta zu und versuchten das schluchzende und jammernde Kind zu trösten. Genauer gesagt war es die Schwester der Königin, die sie fest an ihre warme Brust drückte und sie fest umarmte. Tintenfass hingegen schlich etwas hilflos um Lottas Beine herum und wusste nicht so recht, wie er Lotta beruhigen konnte. Aber Katzen waren nun auch nicht unbedingt dafür bekannt, einen in den Arm zu nehmen, wenn man mal traurig war.

»Sei nicht betrübt, mein Kind«, sagte Evandra mit süßer Stimme. »Ich schlage vor du ruhst dich erst einmal aus und dann schauen wir, was der morgige Tag so bringen mag. Ich habe dir ein kuschelweiches Bett herrichten lassen in einem unserer schönsten Zimmer. Nox soll dir den Weg zeigen.«

Mit einem eleganten Fingerschnippen rief sie den immer noch grimmigen Nox herbei, welcher die schluchzende Lotta anschließend durch den Palast führte. Lottas tränenreiches Schluchzen schien großen Eindruck hinterlassen zu haben, denn selbst der sonst so griesgrämige Nox ersparte sich seine boshaften Sprüche und lief stattdessen schweigend und scheinbar weniger aufgeblasen neben Lotta durch die funkelnden Hallen. Das Zimmer war in der Tat sehr hübsch und das Bett schien groß, weich und herrlich warm. Lotta bemühte sich erst gar nicht, ihr feines Kleidchen auszuziehen und ließ sich stattdessen völlig erschöpft auf die kuscheligen Decken fallen. Ein paar letzte Tränen kullerten noch ihre Wangen hinunter und trockneten auf den großen und weichen Kissen, bevor Lotta vollkommen erschöpft in einen tiefen und traumlosen Schlaf fiel.

Tintenfass hüpfte aufs Bett, rollte sich brav zusammen und schmiegte sich ganz eng an Lottas Beine, fast so, als wollte er das kleine Mädchen vor bösen Nachtgespenstern beschützen.

Der heimliche Aufbruch

»Wach auf, Süße.«

Eine angenehme Stimme sprach leise in Lottas Ohr und jemand schüttelte sie sanft an ihrer Schulter.

Lotta rieb sich die Augen und streckte sich ausgiebig, bereit, Mama Leander fest in die Arme zu nehmen und den seltsamen Traum von letzter Nacht endgültig abzuschütteln.

»Mama …«, seufzte Lotta erleichtert und umarmte die Besitzerin der Stimme fest.

Eine sanfte Hand strich liebevoll über Lottas Rücken und hielt sie ganz fest. Dieser kleine Moment der Nähe fühlte sich plötzlich unglaublich schön und groß an. Lotta rieb sich die Augen und wunderte sich über die goldblonde Haare, die auf Mama Leanders Kopf geschickt zu einem makellosen Dutt gesteckt waren. Kleine, weiße Perlen waren kunstvoll in einzelne Strähnen eingeflochten worden. Sonst trug ihre Mutter die Haare immer zu einem praktischen Zopf gebunden. Selbst zu festlicheren Anlässen beschränkte sie sich oftmals auf einen schlichten Reif, den sie sich auf ihre glatt gekämmten Haare setzte. Unsicher drückte sich Lotta sanft weg von der Person, die sie bis eben so mütterlich in den Armen gehalten hatte. Plötzlich erkannte sie, dass es nicht ihre Mama, sondern Fräulein Evandra war. Traurig und enttäuscht ließ sich Lotta wieder auf das weiche Bett zurückfallen.

»Deinem Gesichtsausdruck nach zu urteilen, hast du jemanden anderes erwartet«, sagte Evandra gütig lächelnd.

Lotta blieb stumm.

»Ich kann deine Sehnsucht verstehen und es tut mir unendlich leid, dass du hier gelandet bist« Evandra sprach mit sanfter Stimme und hielt sich vor lauter Mitgefühl die Hand an die Brust. »Du musst deine Eltern schrecklich vermissen.«

Das kleine Mädchen wollte nur noch aus diesem furchtbaren Traum aufwachen und nun lag sie doch wieder in diesem bequemen, aber fremden Bett, in dem sie am Tag zuvor so unglücklich eingeschlafen war.

»Es macht mich selbst ganz traurig, dich so zu leiden zu sehen, aber ich glaube, ich kann dir helfen, wieder nach Hause zu kommen«, sagte Fräulein Evandra zuversichtlich. »Bitte zieh dich an, wecke deinen hübschen Kater und folgt mir beide unauffällig. Ihr müsst dabei jedoch ganz leise sein… wirklich niemand darf je erfahren, was ich euch gleich zeigen werde. Ich erwarte euch unten im Thronsaal.«

Evandra erhob sich sanft von Lottas Bett und schritt elegant und lautlos aus dem Zimmer. Lotta huschte eilig und mit neuer Hoffnung unter ihrer Decke hervor, wusch sich das Gesicht und zog sich das weiße Kleid an. Tintenfass streckte sich gähnend und hüpfte noch etwas schlaftrunken auf den Boden.

»Was hast du denn vor, wenn ich fragen darf, Fräulein Morgenstund«, fragte Tintenfass müde.

»Fräulein Evandra weiß, wie ich wieder nach Hause komme«, sagte Lotta freudig und streichelte den Kater voller Glück über das glänzende Fell.

Tintenfass nickte kurz mit seinem schwarzen, hübschen Kopf und sagte sonst nichts weiter.

Lotta und Tintenfass huschten auf leisen Sohlen und Pfoten aus dem Zimmer und eilten die vielen Treppen hinunter, bis sie völlig außer Atem im Thronsaal ankamen. Evandra stand bereits freundlich lächelnd an der Tür, welche in den großen Raum mit der seltsamen Maschine führte. Als Lotta und Tintenfass an sie herantraten, hielt sie ihren einen Finger mit dem auffallend großen Ring an ihre Lippen, als wollte sie den beiden sagen, leise zu sein. Mit einem leichten Schubs ihrer schlanken Hüfte stieß sie lautlos die Tür auf und verschwand in dem geheimnisvollen Raum. Lotta folgte ihr heimlich und mit trockener Kehle, Angst davor, in diesem Moment etwas Verbotenes zu tun.

Als die Tür hinter Lotta und Tintenfass wieder ins Schloss gefallen war, erklärte ihnen Evandra mit flüsternder Stimme, dass sie sich keine Sorgen zu machen brauchten. Lotta empfand dennoch großes Unbehagen diesen Raum zu betreten, zu dem sonst eigentlich nur die Königin Zutritt hatte.

»Hier drin wird uns nichts passieren«, sagte Evandra plötzlich, als ob sie Lottas Gedanken gelesen hätte. »Meine Schwester schläft tief und fest. Diese ganze Verantwortung als Königin lässt sie immer völlig erschöpft ins Bett fallen.«

Seufzend schüttelte Evandra ihren Kopf. Sie schien eine wahrlich gute Seele zu sein, in ständiger Sorge um das Wohl ihrer geliebten Schwester.

Nach einem kurzen Moment des schweigenden Mitgefühls hob Evandra ihren Kopf, strahlte Lotta lächelnd an und sagte: »Aber nun ist es an der Zeit, dass wir uns erst einmal um dich kümmern, meine süße Lotta Leander.«

Fräulein Evandra schwebte elegant um die große Maschine herum, bis sie an einer reich verzierten Steinwand stehenblieb. An der Wand hinter ihr befanden sich unzählige geschwungene Ornamente und in ihrer Mitte, etwa auf der Höhe von Lottas Brust, war ein großes, steinernes Schlüsselloch zu sehen.

»Die Königin hatte dir gestern leider nicht alles erzählt, was zu dieser wunderbaren Maschine zu sagen gibt«, sagte Evandra plötzlich. »Diese brillante Konstruktion vermag nämlich nicht einfach nur die Schicksale anderer Lebewesen zu *zeigen*. Sie kann sogar dabei helfen, das eigene Schicksal bewusst zu *ändern* und in die Richtung zu lenken, die man sich gerade wünscht. Meine Vorfahren waren edle Geschöpfe und haben eines Tages erkannt, dass diese Macht zu gefährlich sei. Niemand solle über die Schicksale anderer Lebewesen je wieder entscheiden dürfen, sagten sie. Man stelle sich nur einmal vor, diese schreckliche Macht gelänge in die Hände eines grausamen Tyrannen. Nicht auszumalen, was dies für all die Wesen in den vielen Welten bedeuten würde. Aus diesem Grund zerstörten sie den einzigen Zugang, den sie zu dieser besonderen Macht hatten.«

Evandra zeigte mit ihrem schlanken Arm auf das steinerne Schlüsselloch.

»Hier befand sich einst ein Schlüssel«, fuhr Evandra fort. »Gefertigt aus reinstem Temporia-Kristall. Doch unsere Vorfahren zerbrachen ihn in tausende Stücke. Niemals sollte irgendjemand je wieder Kontrolle über die Divinatio-Maschine haben dürfen. Doch was einst zerbrochen wurde, kann auch wieder neu hergestellt werden.«

Lotta hörte gespannt zu und ließ sich die Geschichte sorgsam durch ihren Kopf gehen.

»Sie wollen einen neuen Schlüssel anfertigen lassen«, murmelte Lotta skeptisch und mehr zu sich selbst.

»Genau das will ich, du kluges Mädchen«, antwortete Evandra strahlend.

»Aber wäre das nicht gefährlich?«, fragte Lotta etwas unsicher.

Nachdem was Lotta bislang gehört hatte, schien Evandras Vorhaben in der Tat etwas waghalsig zu sein. Was, wenn ein finsterer Schurke in Besitz dieses Schlüssels gelangen würde?

Evandra beugte sich zu Lotta hinunter und streichelte mit einer Hand zärtlich über ihre Haare.

»Deine Sorge ehrt dich und sie ist in der Tat durchaus berechtigt«, sagte sie mit sanfter Stimme. »Selbst in der größten Not und Hoffnungslosigkeit, kümmert sich das kleine Menschenkind mehr um die Schicksale anderer als um das eigene. Ich bin wahrlich beeindruckt!«

Lotta lächelte verlegen.

»Es ist aber auch leider der einzige Weg, der dich wieder zurück in die Arme deiner dich liebenden Eltern bringen würde«, fuhr Evandra fort. »Mithilfe des Schlüssels könnten wir die Maschine für einen kurzen Moment kontrollieren, gerade lang genug, um dein Schicksal wieder in die richtigen Bahnen zu lenken und dich so wieder nach Hause zu schicken. Den Schlüssel würde ich höchstpersönlich danach natürlich sofort wieder vernichten.«

Das klang eigentlich nach einem sinnvollen Plan, dachte sich Lotta. Einen besseren Einfall, der ihr dabei geholfen hätte, wieder nach Hause zu kommen, hatte das Mädchen nicht und so blieb ihr nichts anderes übrig, als Evandra zu vertrauen. Abgesehen davon schien es die Schwester der Königin tatsächlich gut mit Lotta zu meinen und ging dabei sogar das grausige Risiko ein, die schlimmsten Ängste ihrer Vorfahren wieder wahr werden zu lassen. Außerdem war es im Grunde auch nur ein gewöhnlicher Schlüssel, den man jederzeit wieder zerbrechen konnte. Richtig angestellt dürfte davon nun wirklich keine allzu große Gefahr ausgehen, oder?

Lotta nickte schließlich zustimmend. Ihre Wangen wurden ganz rot und warm vor lauter Aufregung und plötzlich flammte etwas in ihr auf, worauf sie schon beinahe aufgehört hatte zu hoffen: Die Zuversicht, endlich einen Weg nach Hause gefunden zu haben. Nur wer sich selber schon einmal in so einer misslichen Lage wie Lotta Leander befunde hatte, konnte vermutlich nur zu gut nachvollziehen, wie großartig sie sich in diesem Moment gefühlt haben musste. Voller Tatendrang fragte Lotta, wie sie den Kristallschlüssel denn wieder herstellen wollten. Das Mädchen konnte sich bereits denken, dass ihnen an dieser Stelle ein gewöhnlicher Schlüsseldienst wohl eher nicht weiterhelfen würde.

Evandra lächelte zufrieden, beugte sich leicht zur kleinen Lotta hinunter, packte sie sanft an ihren beiden Schultern und erklärte: »Einfach wird es leider nicht, mein Kind. Temporia-Kristall kann nämlich nur aus den reinsten und feinsten Sandkörnern der Wüstensee hergestellt werden. Dir steht eine lange und anstrengende Reise bevor und nicht mal ich vermag zu sagen, ob du dein Ziel auch tatsächlich erreichen wirst. Whandara ist, wie du sicherlich bereits festgestellt haben dürftest, unglaublich schön, aber leider auch sehr weitläufig und fremd. Ungeahnte Gefahren und Hindernisse mögen dir an der einen oder anderen Stelle den Weg zusätzlich erschweren. Doch ich will dir helfen, mein Kind und dir diese Reise so angenehm wie möglich gestalten. Draußen habe ich eine Kutsche mit Wolkenpferden bespannen, dir etwas Proviant packen und bequemere Reisekleidung zurechtlegen lassen. Brich am Besten sofort und möglichst unauffällig auf und reise dann in Richtung der schwarzen Opalberge westlich von hier. Dahinter wirst du inmitten der Wüstensee schließlich das bescheidene Heim des weisen Einsiedlers Ruberio Umill erreichen. Er ist ein guter und erfindungsreicher Mann und wird dir sicherlich weiterhelfen.«

»Aber was ist mit der traurigen Königin?«, fragte Lotta unsicher.

»Mach dir um meine Schwester keine Gedanken«, antwortete Evandra mit sanfter Stimme. »Sie macht sich schon genügend Sorgen und wird von deinem kleinen Ausflug nichts erfahren. Ich sage ihr einfach, du wärst auf eigene Faust in den Klangwald zurückgekehrt, um wieder nach Hause zu finden. Ehe sie auch nur den leisesten Verdacht schöpft, wirst du auch schon längst wieder sicher und wohlbehalten zurück im Palast sein. Ich kümmere mich derweil um sie, wie ich es auch schon all die Jahre zuvor getan habe.«

Bei ihren letzten Worten sah die sonst so strahlend fröhliche Evandra selbst für einen ganz kurzen Moment plötzlich unendlich müde aus. Die ständige Sorge um ihre Schwester schien unglaublich viel Kraft zu kosten und Lotta vermochte sich nicht mal ansatzweise auszumalen, wie lange sie schon der traurigen Königin durch Worte und Gesten des Trostes beistehen musste.

Nach einem kleinen Moment des Schweigens schüttelte sich Evandra kurz, als sei sie eben aus einem fernen Tagtraum erwacht und dann war es wieder da: Das strahlende und gütige Lächeln, welches Lotta so viel Hoffnung gab.

»Und da stehen wir hier in aller Frühe herum und plaudern. Dabei haben wir doch einiges zu erledigen, meine Teuerste«, sagte Evandra wieder vergnügt und zwinkerte Lotta Leander etwas verschmitzt zu.

Eilig führte die Schwester der Königin Lotta zurück in ihr Zimmer, wo ein fein säuberlich zusammengelegtes Reisekleid und farblich passende, halblange Hosen und feste Schuhe zurechtgelegt waren. Beides trug sich allesamt ganz vorzüglich und schien bequem, leicht und gleichzeitig schützend und wärmend zu sein. Nachdem sie sich umgezogen hatte, eilten Lotta, Tintenfass und Evandra flink und auf leisen Sohlen in die oberen Stockwerke. Als sie hoch oben angekommen waren, traten sie schließlich auf einem großzügigen Balkon. Die vielen Turmspitzen des Palastes schienen zum Greifen nah. Das junge Licht der aufgehenden Sonne fing bereits an, erste bunte Farben auf die unzähligen kristallenen Wände und Dächer des Palastes zu zaubern und ein leichter, warmer Wind wehte durch Lottas struppiges Haar.

In der Mitte des Balkons stand eine kleine, offene und mit Kufen beschlagene Kutsche, vor der zwei geflügelte Pferde gespannt waren. Das Gefährt glitzerte wie der Rest des Palastes in schönstem Kristall und war in seinem Inneren mit kuscheligen Kissen und Decken dekoriert. Erst auf dem zweiten Blick bemerkte Lotta, dass nicht nur die Kutsche selbst, sondern auch die Pferde, die sie zogen, aus dem gleichen zerbrechlich wirkendem Material zu bestehen schienen. Lotta staunte mit weit aufgerissenen Augen, während die beiden Tiere anmutig ihre durchscheinenden Flügel spreizten und einladend mit den Hufen scharrten, was leise klackernde Geräusche auf dem Boden des Balkons verursachte.

»Die sind ja auch aus Kristall...«, stammelte Lotta ungläubig. »... und sie haben Flügel.«

Evandra schaute Lotta etwas überrascht an. Fast so, als wären geflügelte Wolkenpferdepferde das Normalste der Welt und als ob sie Lottas Überraschung nicht so recht verstehen könne.

»Ich habe sie mit einem einfachen, aber alten und wirkungsvollen Zauber hergestellt. Sie bestehen aus dem gleichen Material wie auch der Boden, auf dem wir stehen«, erklärte Evandra geduldig, als sie verstand, dass Lotta diese Magie aus der Menschenwelt, aus der sie nun einmal kam, überhaupt nicht kannte.

»Sie sehen zwar zerbrechlich aus, sind jedoch stark und belastbar«, fuhr sie mit hochgezogener Augenbraue und erhobenem Zeigefinger fort. Ihr großer, kristallener Fingerring glänzte hübsch im Licht der aufgehenden Sonne. »Doch sei vorsichtig, reise immer mit einem Gedanken voraus und meide Stürme und Hindernisse, die eine plötzliche Bruchlandung nötig machen könnten.«

Lotta nickte eifrig, denn sie war klug genug, um zu verstehen, dass dies für Kutsche und Pferde ein jähes Ende ihrer Reise inmitten eines Scherbenhaufens bedeuten würde.

»Eines noch«, sagte Evandra schließlich und holte eine kleine zarte Kette hervor, an der ein walnussgroßer, tropfenförmiger Kristall hing. »Trag dies. Es wird dich auf deiner Reise beschützen und tröstendes Licht in manch dunklen Zeiten spenden.«

Lotta hing sich die Kette um und war überrascht, wie leicht und geschmeidig sie sich an ihrem Hals trug.

»Und nun ist es an der Zeit aufzubrechen, bevor alle anderen etwas bemerken«, sagte die Schwester der Königin und half Lotta in die Kutsche zu steigen.

Die Wolkenpferde scharrten noch ein letztes Mal klackernd mit ihren vorderen Hufen, spreizten ihre glitzernden Flügel und fingen dann an, lautlos und sanft in die Luft zu steigen. Die Kutsche machte einen leichten Schlenker zur Seite, bevor sie schließlich Geschwindigkeit aufnahm und eilig Richtung Westen flog, geradewegs auf die schwarzen Opalberge zu, welche schimmernd und mit ihren schneebedeckten Spitzen weit hinten am Horizont zu sehen waren.

Lotta drehte sich noch ein letztes Mal in die Richtung um, aus der sie geflogen kam. Der Palast glitzerte in der Ferne. Etwas unsicher, aber gleichzeitig auch voller Aufregung auf die bevorstehenden Abenteuer und gestärkt mit honigsüßer, warmer Hoffnung, hob sie einen Arm und winkte ein letztes Mal Fräulein Evandra zum Abschied zu.

Evandra blieb noch eine ganze Weile auf dem Balkon stehen und blickte den Reisenden hinterher. Ihr weißes, elegantes Kleid wehte leicht im Wind. Kaum mehr als ein funkelnder Punkt war von der immer kleiner werdenden Kutsche am Himmel zu sehen, bevor sie schließlich in den Wolken verschwand.

Die Schwester der traurigen Königin strich sanft mit dem einen Finger über den großen, runden Edelstein ihres Ringes. Ein mildes Lächeln umspielte ihre Lippen.

Eine turbulente Reise

Lotta hatte es sich auf den unzähligen Kissen und Decken bequem gemacht und beobachtete mit offenem Mund, wie die sich ständig verändernde Landschaft unter ihr vorbeizog. Wenn nicht gerade eine Wolke den Blick versperrte, konnte sie auf endlose Wiesen, sanfte Hügel und im Wind tanzende Bäume hinab schauen. Einen Augenblick später flog sie dann über einen scheinbar endlosen Wald. Die saftig grünen Baumkronen standen so eng beieinander, dass sie von oben wie ein riesiger Teppich aus Blättern aussahen. Hin und wieder flog ein Schwarm exotischer, kunterbunter Vögel mit langen Federn an ihnen vorbei - ähnlich wie die, die Lotta bereits im Klangwald gesehen hatte. Ihre Rufe hatten etwas Trauriges und zugleich Wunderschönes an sich. Fast so, als wollten sie Lotta Lebewohl sagen und ihr Glück auf ihrer Reise ins Ungewisse wünschen.

Tintenfass hatte sich auf der Sitzbank an Lottas Füßen zusammengerollt und schien meistens zu dösen. Hin und wieder hob er den Kopf, um Lotta die Gegenden zu erklären, über denen sie sich gerade befanden, oder einfach nur, um sich ausgiebig zu putzen.

Schon seit einer halben Ewigkeit schienen sie nun über den vergessenen Wald zu fliegen. Tintenfass erklärte ihr, dass dieser Wald seinen Namen nicht ohne Grund besaß: Unzählige Wanderer verirrten sich bereits in ihm, vergaßen, woher sie kamen und wohin sie wollten. Gezwungen, für immer durch das widerspenstige Dickicht zu irren, um dann am Ende völlig hoffnungslos ihre Reise aufzugeben und sich allmählich selber in einen Baum zu verwandeln. Ein dunkler Fluch läge über diesen Ort und man hätte längst vergessen, wer ihn einst ausgesprochen habe oder wozu er diente.

»Das ist wahrlich kein Ort, an dem wir eine Bruchlandung hinlegen sollten«, schnurrte Tintenfass beiläufig und rollte sich wieder zusammen.

Lotta wurde nun selber ganz schläfrig. Der beruhigende Zauber des endlosen Grüns unter ihr schien bis in Lottas Kutsche hinauf zu reichen und so kuschelte sie sich in die weichen Decken ein und verfiel in einen traumlosen Schlaf.

Plitsch, Platsch.

Lotta rieb sich die einzelnen Regentropfen aus dem Gesicht, welche sie allmählich aufweckten. Die Sonne war schon fast hinter den immer noch weit entfernten Opalbergen verschwunden. Sie musste für einige Stunden weggenickt sein. In gähnender

Müdigkeit rieb sie sich die Augen und schaute sich um.

Den vergessenen Wald schienen sie endlich hinter sich gelassen zu haben. Soweit das Auge reichte, war nun stattdessen eine recht trostlose und spärlich bewachsene Hügellandschaft zu sehen. Vereinzelt stand hier und da ein verdorrter Strauch und vertrocknete Flussbetten zogen sich wie staubige Adern durch die Landschaft unter ihnen. An sich bot die Gegend keinen sonderlich reizvollen Anblick. Doch trotzdem staunte Lotta nicht schlecht, als sie bemerkte, dass einige der Hügel von kargen Felsen durchbrochen waren, welche in einem gespenstisch weißen Licht zu leuchten schienen.

Tintenfass saß im vorderen Teil der Kutsche. Sein Blick war stur nach vorne gerichtet. Die Ohren des schwarzen Katers waren aufmerksam aufgerichtet und sein Schwanz zuckte leicht von einer Seite auf die andere. Es schien fast, als ob der Kater etwas konzentriert beobachtete.

»Was ist los, Tintenfass?«, fragte Lotta mit schläfriger Stimme. »Du wirkst plötzlich so beunruhigt.«

»Dazu haben wir auch allen Grund, Lotta Menschenskind«, sagte Tintenfass angespannt, ohne seinen Blick abzuwenden. »Wir befinden uns gerade über der Mondstein-Steppe und zudem scheint auch noch ein Unwetter aufzuziehen. Dies ist bestimmt kein Ort, an dem wir zwischenlanden sollten.«

Lotta schaute in den Himmel über sich und dann erkannte auch sie, was Tintenfass meinte: Große, dunkle Wolken hatten sich über ihren Köpfen zusammengebraut und der erste Regen setzte bereits ein. Der Wind war merklich stärker und kühler geworden, so dass Lotta sich die Decken bis zum Kinn ziehen musste, um nicht anzufangen zu frieren.

»Wir können nur hoffen, dass wir weit genug über diese Gegend fliegen können, bevor wir in einen ausgewachsenen Sturm geraten«, sagte Tintenfass.

»Was ist denn so schlimm an dieser Gegend?«, fragte Lotta verunsichert. »Warum sollten wir nicht einfach hier landen und das Unwetter abwarten? Ich habe einige kleinere Höhlen in den felsigen Hügeln erkennen können. Dort könnten wir uns vor dem Sturm doch einfach solange verstecken, bis er vorbeigezogen ist.«

Tintenfass kam zurück zu Lotta gelaufen und hüpfte flink auf die Bank.

»Diese Gegend ist verflucht. Es ist das Reich der Geister und niemand vermag zu sagen, wie sie auf ungebetene Besucher reagieren werden«, antwortete Tintenfass und schaute Lotta mit seinen großen, grünen Augen direkt an. »Geister sind ein wirklich listiges Volk. In all den Jahrhunderten und losgelöst von allen Aufgaben, die man als Lebender eben so zu erledigen hat, haben sie angefangen, ihre ganz eigenen Regeln aufzustellen. Viele von ihnen waren sicherlich einst ehrbare und hart arbeitende Leute. Als Geister aber haben sie all das längst hinter sich gelassen. Statt nützliche Arbeit zu verrichten, sind sie vor lauter Langeweile stattdessen dazu übergegangen, Blödsinn auszuhecken und schieres Chaos zu verbreiten. Warum sollten sie auch nicht? Es gibt ja schließlich keine Strafe, die sie zu befürchten hätten und auch keinen, der diese über sie verhängen könnte.«

Das kleine Mädchen begann, sich allein bei dem Gedanken ordentlich zu gruseln. Gespenster und Monster unterm Bett mochte sie überhaupt nicht. Sie fürchtete sich ja bereits bei den harmlosesten Gruselgeschichten, welche Mama Leander ihr manchmal vorlas. Obwohl es nur Geschichten waren und Mama Leander diese immer mit ihren witzigen Stimmen erzählte, so fürchtete sich Lotta trotzdem stets sehr dabei. Ihrer Mama sagte sie davon nichts, denn immerhin wollte sie auch immer das Ende hören. Aber wenn solche dummen Kindergeschichten ihr schon Angst einjagten, wie sehr würde sich Lotta dann erst vor richtigen Geistern fürchten?

Das verängstigte Mädchen zog sich die Decken bis hoch zu seinem Gesicht und wollte nur noch so schnell wie möglich weg von diesem Ort.

Plötzlich schlug eine kräftige Windböe seitlich gegen die Kutsche, so dass diese gefährlich anfing, in der Luft zu taumeln. Lotta schaute nach vorn und sah, dass die Kristallpferde alle Mühe hatten, den Kurs zu halten. Kaum war der Windstoß vorbei, preschte plötzlich ein weiterer mit voller Wucht dagegen, nur diesmal von der anderen Seite. Der Regen wurde immer stärker und peitschte ungemütlich in Lottas Gesicht. Der Wind heulte bedrohlich um ihre Ohren und sie bemerkte, dass sie an Höhe verloren.

Plötzlich erwischte sie eine weitere, stärkere Windböe direkt von vorne. Die Pferde fingen an zu taumeln und versuchten verzweifelt wieder an Höhe zu gewinnen. Ohne Erfolg.

Mit zunehmenden Tempo trudelte die Kutsche unaufhaltsam dem Boden unter ihnen entgegen, direkt auf einen der weiß leuchtenden Felsen zu. Lotta fing an, hysterisch zu kreischen und versuchte, sich mit aller Kraft und in schierer Verzweiflung irgendwo festzuhalten. Tintenfass krallte sich schmerzhaft an Lottas Beinen fest und fauchte ununterbrochen.

Es dauerte nur ein paar kurze Augenblicke, bis die Kutsche auf dem Boden aufsetzte, um dann im nächsten Moment unsanft gegen einen der Felsen zu krachen. Ein glockenklares Klirren erfüllte die Nacht, als das ganze Gefährt zusammen mit den Pferden in tausend kleine Splitter zersprang.

Zum Glück waren Lotta und Tintenfass in dicke, weiche Decken gewickelt; wer weiß, was sie sich sonst angetan hätten, denn ein Sturz aus dieser Höhe war freilich alles andere als ungefährlich.

Lotta strich sich vorsichtig etliche Kristallsplitter aus den Haaren und auch Tintenfass schüttelte sich eifrig sein Fell sauber. Völlig verdattert und noch immer zitternd vor lauter Aufregung, krabbelten die beiden aus den Überresten der einst so prächtigen Kutsche. Überall waren größere und kleinere Teile ihres Gefährtes um sie herum verstreut. Ein halb zerbrochener Pferdekopf aus Kristall lag regungslos am Boden neben ihnen. Für einen kurzen Moment gaben die Splitter und Teile noch ein sanftes und geheimnisvolles Leuchten von sich, bevor dieses dann endgültig verschwand.

Lotta verstand nicht viel von Magie. Als sie sich aber den Schlamassel um sich herum genauer ansah, wusste sie, dass Fräulein Evandras Zauber, welcher diese Kutsche in der Luft gehalten hatte, nun endgültig erloschen war. Was übrig blieb, war nur nutzloses Glas.

Gespenstischer Schabernack

Lotta und Tintenfass versuchten, das Nötigste aus den Scherben zu retten. Glücklicherweise war das Licht, was die Mondstein-Felsen abstrahlten, hell genug, um sich in all dem Durcheinander zurechtzufinden. Der Rucksack mit dem Proviant hatte glücklicherweise keinen Schaden genommen und so stopfte Lotta noch schnell eine der Decken hinein und schnallte ihn sich auf den Rücken. Ihre Kleidung war etwas staubig, ansonsten aber unversehrt. Eilig klopfte Lotta sich den Schmutz vom Leib und sah sich um. Tintenfass blieb dabei ganz dicht an ihren Beinen stehen. Sein Schwanz war eng zwischen seine Hinterbeine geklemmt. Der Kater war nicht nur beunruhigt, sondern er schien offensichtlich sogar richtige Angst zu haben.

Da wären wir schon einmal zwei, die sich fürchten, dachte sich Lotta und hielt Ausschau nach einer Höhle, in der sie sich vor dem Unwetter schützen konnten.

Sie liefen vorsichtig einmal um den Mondstein-Felsen herum und fanden glücklicherweise schnell eine kleine Höhle. Diese war gerade groß genug, um sich dort ein einigermaßen bequemes Nachtlager zu bereiten.

»Es ist zwar nicht besonders einladend, aber hier drin sind wir wenigstens vor dem Regen geschützt«, sagte Lotta leise und strich Tintenfass sanft übers Fell, um ihn zu beruhigen. Eigentlich hätte sich Lotta am liebsten selber vor lauter Angst in die hinterste Ecke der Höhle verkrochen. Doch es schien ihr das Klügste zu sein, wenigstens solange einen kühlen Kopf zu bewahren, bis sie ihr Nachtlager aufgeschlagen hatten. Wenigstens war sie in Gesellschaft. Auch wenn Tintenfass in dieser Situation nicht gerade eine große Hilfe war, so war sie doch überglücklich, nicht allein an diesem fremden Ort übernachten zu müssen.

Gerade als Lotta dabei war, sich die Decke wieder aus dem Rucksack zu ziehen, merkte sie, wie sie etwas am Hintern zwickte. Schnell drehte sie sich erschrocken um. Die Höhle war zwar alles andere als hell erleuchtet und das schwache Mondlicht warf lange unheimliche Schatten an die schroffen Felswände, aber es war immerhin hell genug, dass Lotta hätte erkennen müssen, wer sie da in solch unanständiger Weise versuchte zu ärgern. Doch es war weit und breit niemand zu sehen.

Keine Panik, dachte sich Lotta, das war nur eine dumme Einbildung. Fast genau so, wie sie sonst die unglaublich nervige Janine aus ihrer Klasse manchmal hatte, wenn sie mitten im Unterricht anfing, laut herum zu kreischen, weil sie glaubte, eine Spinne über ihren Schultisch krabbeln zu sehen. Seltsamerweise erschienen ihr diese kleinen ekligen Krabbeltiere immer nur dann, wenn ihr Mathelehrer Herr Blum besonders schwere Aufgaben an die Tafel schrieb oder wenn ihre strenge Sportlehrerin Fräulein Warmbier mit der Klasse anfing, Kugelstoßen zu üben. Freilich, es gab schönere Dinge im Leben, als schriftliche Division oder Kraftsport, aber deswegen musste man ja nicht gleich anfangen den Kopf zu verlieren.

Das bildest du dir nur alles ein, dachte sich Lotta und atmete zweimal tief durch.

Doch dann passierte es schon wieder: Diesmal zog ihr etwas oder jemand zwei, drei mal an den Haaren, gerade fest genug, dass es ziepte.

Lotta drehte sich erneut flink herum, doch auch diesmal war nichts und niemand zu sehen.

Und dann wieder ein Zwicken am linken Unterarm, dicht gefolgt von einem Knuff in den rechten Oberschenkel.

Das Mädchen schlug blind um sich und versuchte dem unverschämten Störenfried zumindest eine warnende Ohrfeige zu verpassen. Tintenfass schien ebenfalls seine liebe Mühe zu haben, denn er rannte wie wild im Kreis herum und maunzte und fauchte verdutzt in die Leere.

Und dann war plötzlich Ruhe. Kein Ziepen und kein Zwicken mehr.

Für einen kurzen Moment dachte Lotta, dass dieser seltsame Unfug nun endlich vorbei sein würde, als plötzlich ein leises Kichern zu hören war, welches nach einer kleinen Weile zu einem schallenden Lachen anwuchs. Das Seltsame dabei war nur, dass es aus allen Richtungen zu kommen schien und doch niemand ringsum zu sehen war.

Lotta und Tintenfass standen nun völlig verängstigt ganz nah beieinander, denn hier schien es eindeutig nicht mit rechten Dingen zuzugehen.

Ganz plötzlich und wie aus dem Nichts erschien eine blasse Gestalt aus weißem Rauch vor ihnen. Sie hatte ein Gesicht, Arme und Beine und schaute die beiden Angsthasen mit neugierigem Gesichtsausdruck an. Lotta quiekte kurz erschrocken auf und drängte sich ganz nah an Tintenfass.

Einen kurzen Moment später erschien eine weitere Gestalt neben der ersten und dann noch eine und noch eine.

Schließlich waren Lotta und Tintenfass von etwa einem Dutzend dieser nebeligen Erscheinungen regelrecht umzingelt. Einen Ausweg aus ihrer misslichen Lage schien es nicht zu geben.

Soweit man es in dem schummrigen Licht erkennen konnte, waren unter ihnen Männer, Frauen und Kinder. Sie sahen fast aus wie ganz normale Menschen, gekleidet in Hosen, Hemden oder Kleidern. Manche von ihnen trugen sogar flache Mützen oder altmodische, hohe Hüte. Der einzige Unterschied war, dass sie alle aus blass leuchtendem Rauch zu bestehen schienen und da, wo gewöhnliche Menschen sonst ihre Schuhe an den Füßen trugen, war nur ein geisterhafter Schweif zu sehen – fast so wie bei dem Flaschengeist in Aladdin und die Wunderlampe.

»Wer seid ihr und was wollt ihr?«, schrie Lotta plötzlich aus purer Verzweiflung und Angst den Erscheinungen entgegen. Ihre Stimme hallte laut in der kleinen Höhle nach.

Die Erscheinungen schauten sich kurz mit verdutzten Gesichtern an. Manche zuckten ratlos mit ihren Schultern und zogen lange Münder.

Wer bist du und was willst du hier?
Dringst ein in unser Nachtrevier.

Lotta hörte die Worte klar und deutlich in ihrem Kopf, doch schienen diese nicht nur von einer Stimme, sondern von vielen zu kommen.

»Wir hatten eine Unfall«, antwortete Lotta ängstlich und leise. »Ein Unwetter ließ unsere Kutsche vom Himmel fallen und nun suchen wir hier Schutz vor dem Regen.«

Wieder schauten sich die Gestalten verwundert mit ihren leeren Augen an.

Wer bist du und was willst du hier?
Dringst ein in unser Nachtrevier.

Wieder hörte Lotta genau die gleichen Worte glasklar in ihrem Kopf.

Versteht ihr nicht, was ich euch gerade gesagt habe, wunderte sich Lotta in Gedanken.

Verstehen tun wir nicht ein Wort,
denn du redest immerfort.

Lotta schaute verdutzt an sich hinunter und warf Tintenfass einen fragenden Blick zu.

Erkläre dich nun ganz geschwind,
sonst zwicken wir dich weiterhin.

Mit einem Male verstand Lotta, was hier vor sich ging: Es sind Geister, die aus nichts weiter bestehen als Rauch und Luft! Warum sollten sie überhaupt reden können? Lotta musste wohl versuchen, sich anders mit ihnen zu verständigen.

Sie können meine Gedanken hören, dachte sich Lotta.

Gedanken lesen können wir.
Beeile dich, erzähle mehr.

Lotta versuchte, sich zu konzentrieren und schloss die Augen ganz fest. Sie ließ sich noch einmal alles, was bislang auf ihrer Reise passiert war, sorgfältig durch den Kopf gehen. Sie erinnerte sich daran, wie sie hoch im Himmel flogen und danach in das Unwetter geraten waren und abstürzten. Nur sprach sie es diesmal nicht laut aus. Sie *dachte* es.

Das klingt ja schlimm, erzähle mehr.
Wer bist du und wo kommst du her?

Lotta stellte sich in Gedanken vor, erklärte, wie sie an diesen Ort gelangte und warum ein kleines Mädchen zusammen mit einem völlig verängstigten Kater mutterseelenallein in dieser fremden Gegend unterwegs war.

Verloren bist du, armes Kind.
Du willst nach Hause ganz geschwind.

Deine Sorge, die verstehen wir,
denn lebend kommt sonst niemand her.

Du bist hier falsch, darfst hier nicht sein.
Wir helfen dir, bringen dich heim.

Lotta war zwar noch völlig verängstigt, doch wurde diese Angst mit jedem Gedankenreim immer kleiner. Die Erscheinungen schienen niemanden etwas Böses zu wollen und sahen auch gar nicht so gruselig aus, wie sich Lotta Gespenster sonst immer vorgestellt hatte. Ganz im Gegenteil: Sie hausten an diesem abgelegenen Ort und Besuch schien sich bislang nur selten hierher verirrt zu haben. Lotta würde sich vermutlich ebenfalls äußerst unwohl fühlen, wenn plötzlich jemand wildfremdes im eigenen Heim stünde. Das Mädchen hätte genau die gleichen Fragen, nur würde sie diese nicht denken, sondern lauthals aussprechen. Unliebsame Eindringlinge zu vertreiben, indem man sie zwickte, zwackte und knuffte, wäre ihr sicherlich auch nicht in den Sinn gekommen. Stattdessen hätte sie wohl mehr Vorsicht walten lassen und kurzerhand die Polizei gerufen. Geister hingegen verteidigten ihr Heim aber nun einmal auf ihre ganz eigene Art und Lotta respektierte das.

Auch die Geister schienen bemerkt zu haben, dass das Mädchen und ihr Kater keine bösen Absichten hegten, denn auf ihren nebeligen Gesichtern erstrahlte nun bei vielen ein breites Lächeln der Gastfreundschaft. Nur einzelne trauten dem Frieden noch nicht so ganz und schwebten argwöhnisch in den hinteren Ecken der Höhle.

Der Geist direkt vor Lotta und Tintenfass streckte mit gütiger Miene seine blass leuchtenden Arme aus. Mit einem Male hallte erneut eine körperlose Stimme laut und deutlich in Lottas Gedanken:

Einer welcher zaubert Glas aus Sand,
lebt an der Wüstensee Rand.

Bis dorthin ist es uns zu weit,
doch geben wir dir gern Geleit.

Bis zum Morgengrauen können wir dich bringen,
bevor im Sonnenlicht wir werden verschwinden.

Doch werden wir dich erst dann führen,
wenn du tanzt mit uns auf diesen Fluren.

Die Geisterstunde mag beginnen,
lasst die Musik nun hell erklingen.

Der Geist klatschte dreimal feierlich in seine durchscheinenden Hände und plötzlich fingen alle anderen um ihn herum an wie wild zu tanzen und zu singen. Einige der Geister holten alte, bleiche Knochen hervor und trommelten im Takt einer fröhlichen Musik. Wieder andere formten aus ihren Händen geisterhafte Instrumente und fiedelten und trompeteten eifrig. Auch wenn sie bereits seit Ewigkeiten nicht mehr unter den Lebenden weilten, so waren diese Geister ziemlich gesellig und wussten offenbar noch immer ganz genau, wie man eine Party feierte, dachte Lotta beeindruckt. Anfangs beobachtete sie das Ganze staunend und mit zaghaftem Abstand, doch es dauerte nicht lange, bis

Lottas Beine sich von der heiteren Musik anstecken ließen und sie selber wie wild durch die Höhle tanzte.

Tintenfass schien am Ende glücklicherweise auch seinen Spaß zu haben. Mit katzenhafter Versessenheit versuchte er, vergeblich einen Geisterball zu fangen, den ihm ein besonders tierliebes Gespenst in unendlicher Geduld wiederholt zuwarf. Immer wenn Tintenfass den Ball berührte, verpuffte dieser zu kleinen geisterhaften Wölkchen, was das Gespenst amüsiert kichern ließ.

Lotta genoss das heitere Treiben in vollen Zügen. Es war seit langer Zeit endlich wieder ein Moment, in dem sie unbeschwert lachen und tanzen konnte und in dem sie wenigstens für eine kurze Zeit mal nicht vor lauter Heimweh Trübsal blies.

Nach stundenlangem Tanzen und Feiern verstummten plötzlich Musik und Gesang und der Geist vom Anfang schwebte auf eine völlig erschöpfte Lotta zu.

Wir müssen los, es ist soweit,
pack die Sachen und sei bereit.

Lotta und Tintenfass begleiteten die Geister nach draußen in die Nacht, welche noch immer vom sanften Strahlen des Mondsteins erhellt wurde. Mit einer Armbewegung verwandelten sich einige der Geister um sie herum plötzlich in einen Schlitten aus waberndem, gespenstisch leuchtendem Nebel. Er schien nur knapp über dem Boden zu schweben und bot ausreichend Platz für Lotta, Tintenfass und ihr bescheidenes Reisegepäck. Nachdem das Mädchen und der Kater es sich darin bequem gemacht hatten und alle sieben Sachen verstaut waren, sagte der Geist zum Abschied:

Liebes Kind, so wünschen wir,
eine gute Reise dir.
Gebt auf euch acht und viel Erfolg,
eure Gesellschaft hat uns erfreut.

Die Geister um sie herum fingen allesamt an, Lotta und Tintenfass zum Abschied zuzuwinken, bevor sie sich, einer nach dem anderen, langsam in Luft auflösten.

Danke… für alles, dachte Lotta mit geschlossenen Augen noch und lehnte sich dann auf ihrem Platz im Schlitten zurück, bereit, den nächsten Teil ihrer Reise anzutreten.

Lautlos setzte sich der Schlitten in Bewegung und fing an mit beachtlicher Geschwindigkeit in die finstere Nacht vor ihnen zu schweben.

Zu Besuch bei den Giganten

Schnell und sanft glitten sie über den Boden.

Dieser Geisterschlitten war fürwahr ein vorzügliches Reisegefährt, dachte sich Lotta und bewunderte nebenbei die Mondstein-Felsen, an denen sie eilig vorbeischwebten. Ein schwaches Leuchten über den schneebedeckten Gipfeln des ansonsten pechschwarzen Opalgebirges vor ihnen ließ erahnen, dass der Sonnenaufgang nicht mehr lange auf sich warten lassen würde. Bis dahin mussten sie unbedingt den Rand der Mondstein-Steppe erreichen, bevor sich der Geisterschlitten im Licht des heranbrechenden Tages in Luft und Nebel auflösen würde. Mit jeder verstrichenen Minute ihrer Reise wurde es heller um sie herum. Nun endlich erkannte Lotta, wie trostlos die Mondstein-Steppe tatsächlich war. Man konnte fast meinen, dass es an diesem Ort nichts als vertrocknetes Gestrüpp um einen herum gab, als in nicht allzu weiter Ferne vor ihnen plötzlich eine Ansammlung kleiner Hütten im Schatten des eindrucksvollen Opalgebirges zu erkennen war. Lotta musste die Augen schon arg anstrengen, bis sie sie sehen konnten, aber sie waren tatsächlich da, daran bestand kein Zweifel.

Plötzlich wurde der Geisterschlitten langsamer, bis er mit einem Male ganz zum Stehen kam und sanft auf dem Boden aufsetzte. Lotta und Tintenfass hüpften behände vom Schlitten, sortierten ihre Sachen und mussten anschließend mit ansehen, wie ihr Gefährt vor ihren Augen im Nichts verschwand. Die Sonnenstrahlen hatten nun endgültig die Finsternis der letzten Nacht besiegt und damit war auch die Zeit der Geister vorerst vorüber.

»Ich schlage vor, wir wandern zu der Siedlung vor uns und schauen uns dort einmal um«, sagte Tintenfass schnurrend, während er sich trockenes Gestrüpp aus dem schwarzen Fell putzte.

Mit jedem Schritt näherten sie sich der Siedlung.

Was von weiter Ferne aussah wie eine Ansammlung kleiner Hütten, wuchs vor ihren Augen mehr und mehr zu einem ausgewachsenen Dorf, bestehend aus mehreren hohen und breiten Häusern. Als sie etwas näher herantraten, erkannten sie, dass die gesamte Siedlung von einem hohen Zaun umgeben war. Doch hatte dieser Zaun nichts gemein mit denen, die Lotta sonst immer in den Gartenanlagen in Großstadt gesehen hatte. Dieser hier bestand aus ganzen Baumstämmen und ragte bedrohlich und scheinbar unüberwindbar vor ihnen in die Höhe. Über die Gartenzäune daheim konnte man ohne Probleme mit einem geschickten Satz hinüber springen. Doch dieser hier vor ihnen war eine undurchdringliche, meterhohe Wand aus massivem Holz.

»Wie sollen wir denn dort hineinkommen?«, fragte Lotta etwas entrüstet.

»Vielleicht sollten wir einmal an dem Eingang dort drüben klopfen und um Einlass bitten«, entgegnete Tintenfass.

Und so eilten die beide den großen Zaun entlang, bis sie schließlich vor einem gigantischen Tor stehen blieben.

Unsicher klopfte Lotta zart mit ihrer kleinen Faust gegen das grob gehauene Holz.

Wenige Splitter und etwas Staub rieselten auf sie herab, doch ansonsten passierte nichts.

»Willst du das Holz etwa kitzeln mit deinen kleinen Fingerchen?«, fragte Tintenfass leicht spöttisch. »Du solltest schon etwas doller dagegen schlagen.«

Lotta versuchte es erneut, nur diesmal viel fester. Das Tor knarrte leicht in seinen Angeln, gab ansonsten jedoch keinen Millimeter nach.

Es passierte wieder nichts und selbst das Kreischen des einsamen Vogels über ihnen schien lauter als Lottas Klopfen.

Voller Entrüstung ließ sich Lotta auf den Boden vor dem Tor plumpsen und verschränkte die Arme vor der Brust. Ihre Hand schmerzte bereits leicht von all dem Klopfen, doch antworten wollte ihr niemand. Sie war schon kurz davor aufzugeben, als sie plötzlich ein leichtes Rumpeln und Beben in dem Boden unter ihrem Hintern bemerkte. Jemand oder etwas kam mit großen schweren Schritten auf der anderen Seite des Zauns auf sie zugelaufen.

»Komme schon, komme schon«, donnerte eine tiefe und fremde Stimme.

Es folgte ein lautes Rütteln und Knarzen und dann öffnete sich plötzlich das meterhohe Tor. Ein riesiger zottiger Kopf lugte durch den Spalt hindurch und suchte mit zusammengekniffenen Augen die Umgebung vor dem Zaun ab.

Grummelnd warf der Riese mit der großen Kartoffelnase das Tor mit voller Wucht wieder zu, so dass es kurz in seine Angeln bebte.

»Diese dämlichen Taugenichtse und ihre ach so dämlichen Streiche«, brummte der Riese hinter dem Zaun. »Hab auch echt Besseres zu tun, als dieses dämliche Tor im Auge zu behalten.«

»Warten Sie doch bitte!«, schrie Lotta und sprang wieder auf. Sie eilte erneut auf das Tor zu und klopfte ein weiteres Mal mit aller Kraft dagegen. Ihre Handknöchel brannten mittlerweile wie Feuer. Erneut kamen schwere Schritte auf sie zuggetrampelt und wieder öffnete sich das Tor und heraus lugte der gleiche struppige Kopf.

»Himmeldonnerwetter und verdammich nochmal!«, fluchte der Riese laut. »Wenn ich dich

Feigling jemals in die Finger bekomme, werde ich jeden kleinen Knochen in deinem Leibe brechen und dich als Brei zum Frühstück verspeisen.«

Gerade als der Riese das Tor wieder ins Schloss werfen wollte, nahm Lotta, ohne lange zu überlegen, allen Mut zusammen und sprang mit wedelnden Armen direkt vor ihn.

»Hier unten! Wir stehen hier unten!«, quietschte sie dem Fremdling ängstlich entgegen.

Verdutzt schaute der struwwelige Kopf des Riesen nach unten, wo Lotta und Tintenfass wie zu Salzsäulen erstarrt standen.

»Ja, glaubste das?«, blaffte der Riese völlig verdattert. »Was wollt ihr Winzlinge denn? Und beeilt euch mal lieber mit eurer Antwort. Ich habe echt keine Zeit hier am Tor zu plaudern und eure piepsigen Stimmen nerven auch derbe.«

Höflichkeit, Anstand und Gastfreundschaft werden in diesen Teilen des Landes wohl nicht gerade groß geschrieben, dachte sich Lotta und versuchte dem riesigen Flegel mit ihrer lautesten Stimme die Stirn zu bieten: »Mein Name ist Lotta Leander und ich bitte die Störung zu entschuldigen. Wir sind auf Durchreise und wollen zum alten, weisen Ruberio Umill. Wir benötigen seine Hilfe und wissen leider nicht, wie wir von hier aus zu ihm gelangen. Unsere Kristallkutsche mitsamt der Wolkenpferde sind leider zerbrochen und unser Geisterschlitten hat sich vor kurzem in Luft aufge-«

Noch bevor das Mädchen ihren Satz überhaupt zu Ende sprechen konnte, brach der Riese plötzlich in schallendes Gelächter aus. Für Lotta klang es wie unangenehmer Donner und sie musste sich die Ohren zuhalten.

»Was wollen denn solch mickrige Winzlinge, wie ihr es seid, vom verrückten alten Umill? «, spottete der Riese mit polternder Stimme. »Und wo sind sie denn, eure teuren Wolkenpferde, he? Und Geisterschlitten, sagtet ihr? Jeder, der etwas Hirnschmalz im Kopf hat, weiß, dass dieses Gespensterpack zu nichts taugt, außer Unfug diesseits der Opalberge zu veranstalten.«

Lotta hatte ziemliche Angst davor, von der großen struppigen Gestalt in einem Happen gefressen zu werden. Bei aller Furcht war sie zugleich aber auch ziemlich wütend darüber, wie dieser Banause über ihre neuen Freunde, die hilfsbereiten Geister, sprach.

Ohne lange über mögliche Folgen nachzudenken, stampfte sie trotzig auf den Boden und schimpfte: »Gespensterpack nennst du sie? Sie sind wirklich hilfsbereit und liebenswert. Du alter, mürrischer Grobian könntest dir von denen mehr als nur eine Scheibe abschneiden, das kann ich dir sagen. Und schwerhörig bist du scheinbar auch noch: Ich sagte dir doch, dass unsere Wolkenpferde mitsamt der Kutsche futsch sind. Zerbrochen in tausend Splitter sind sie. Du kannst ja weiter meckern und fluchen, wenn du den lieben langen Tag nichts Besseres zu tun hast. Wir werden uns jedenfalls lieber auf den Weg machen und nach gastfreundlicheren Leuten Ausschau halten. Leute, die auch wirklich wissen, wie man uns helfen kann, du riesiger Nichtsnutz!«

Die Überraschung stand dem Riesen plötzlich deutlich ins Gesicht geschrieben.

Diese Antwort hatte er offensichtlich nicht von so einer kleinen und zierlichen Person erwartet. Es dauerte aber nur einen kurzen Moment, bis Lottas Beleidigungen in seinem viel zu großen Ohren angekommen waren. Sofort verfinsterte sich seine Miene wieder und ein zorniges und bedrohliches Funkeln war in den tellergroßen Augen zu erkennen. Mit einem riesigen Satz trat er bedrohlich aus dem Tor heraus und schritt auf Lotta und Tintenfass zu.

»Du kleine Göre denkst wohl, du bist besonders mutig. Doch eigentlich biste echt dämlich, denn jeder weiß, dass man sich lieber nicht mit Bodhur dem Giganten anlegt«, dröhnte der Riese mit zorniger Stimme und holte mit seinen beiden riesigen Pranken aus. Plötzlich ging alles sehr schnell und ehe Lotta und Tintenfass überhaupt über einen möglichen Fluchtweg nachdenken konnten, hatte sie Bodhur der Gigant auch schon mit seinen beiden großen Pranken gepackt. Triumphierend hielt der Riese die Hände zu Fäusten geballt in die Höhe und lachte dröhnend. Sein Griff war erbarmungslos fest und ließ Lotta gerade genug Platz zum Atmen. An ein Entkommen aus den großen, schwieligen Händen war nicht zu denken.

Tintenfass hatte es nicht wirklich besser erwischt: Der Gigant hatte ihn kurzerhand am Schwanz gepackt, so dass er kopfüber und panisch fauchend in luftiger Höhe hing.

Lotta versuchte, sich in letzter verzweifelter Hoffnung aus dem festen Griff heraus zu winden, wusste aber, dass es eigentlich sinnlos war. Durch das ganze Strampeln und Wurschteln hatten sich die obersten Knöpfe ihrer Oberbekleidung gelöst. Einer war sogar abgeplatzt und in hohem Bogen unter ihnen in den Staub gefallen.

»Na, was sagst du jetzt, du kleine, freche Göre?«, brummte er triumphierend. »Dich und dein verlaustes Katzenvieh werde ich gleich –«

Bodhur brach mitten im Satz ab und schaute Lotta für einen Moment vollkommen verdutzt an.

»Ja, was ist denn das?«, sagte er plötzlich weniger wütend und schielte mit seinen riesigen olivingrünen Augen unter Lottas Kinn. Evandras Kristalltropfen war durch die ganze Rangelei etwas aus ihrem Oberteil gerutscht und baumelte nun an der zarten Kette vor ihrer Brust. Der Kristall strahlte hell und funkelte bezaubernd im einfallenden Sonnenlicht.

»Das gibt es ja wohl mal nicht«, stammelte der Riese mit fassungsloser Stimme und schaute Lotta nun direkt ins Gesicht. »Woher hast du das?«

Lotta atmete kurz vor Erleichterung aus. Wie es schien, wurden sie nun doch nicht direkt am Gartentor verspeist, sondern durften vorerst doch noch etwas länger auf einen glimpflichen Ausgang dieser unschicklichen Lage hoffen.

Mit flacher Stimme erzählte sie Bodhur dem Giganten alles, was bisher auf ihrer Reise passiert war. So erfuhr der Gigant von der traurigen Königin und ihrer fürsorglichen Schwester, die beide weit entfernt in ihrem Kristallpalast lebten.

»Es ist lange her, dass sich jemand aus dem Kristallpalast hat blicken lassen«, brummte Bodhur nun etwas kleinlauter. »Wir alle dachten schon, man wollte nichts mehr mit uns Giganten zu tun haben. Umso mehr freue ich mich, endlich mal wieder so kleine… ähm… Laufburschen aus diesem Teil des Landes zu treffen.«

Breit grinsend hielt Bodhur seine beiden Hände vor sein Gesicht und begutachtete Lotta und Tintenfass mit aufrichtiger Begeisterung.

»Ich will ja nicht unhöflich klingen«, sagte Lotta mit dünner Stimme, »aber könnten sie uns vielleicht wieder unten absetzen oder zumindest ihren Griff etwas lockern? Mir wird selber schon langsam etwas schwindelig.«

»Upsi. Aber natürlich«, antwortete der Riese überrascht und sogar etwas peinlich berührt. Dann setzte er die beiden wieder vorsichtig zurück auf den Boden, wo Lotta erst einmal gehörig nach Luft japste und Tintenfass eifriger als sonst damit anfing, sich das Fell zu säubern.

»Es tut mir echt leid«, sagte der Gigant und kratzte sich spürbar verlegen am Hinterkopf. »Wer hätte auch gedacht, dass eine Göre wie du und ihr verlaustes Katzenvieh im Auftrag des Kristallpalastes unterwegs sind. Kommt nicht oft vor, dass wir hier draußen Besuch bekommen, müsst ihr wissen.«

Lotta entschied, höflich und ruhig zu bleiben und winkte den Vorfall von eben als lächerliches Missverständnis ab. Nicht weiter der Rede wert.

»Wo bleiben meine Manieren«, polterte er mit deutlich fröhlicherer Stimme. »Kommt mal rein in unser bescheidenes Dorf. Ich führe euch herum und in der Zwischenzeit erzählt ihr mir mal lieber ganz genau den neuesten Kram aus dem Palast.«

Lotta und Tintenfass versuchten, eifrig Schritt mit dem Riesen zu halten. Ihm hingegen schien der flotte Marsch eher wie ein entspannter Sonntagsspaziergang vorzukommen. Für die beiden zu kurz geratenen Besucher war es jedoch ein regelrechter Marathon.

Das Dorf der Giganten bot nicht allzu viel Charme: Alles wirkte irgendwie klobig und wie aus einem Stein gehauen. Die mit anderen Giganten belebten Straßen und Wege machten auf Lotta den Eindruck von behelfsmäßigen Autobahnen aus

Dreck und Schlaglöchern und auch der Rest des Dorfes schien recht schmucklos und einfach gestaltet zu sein. Die Häuser waren zum darin Wohnen und Arbeiten und die Wege zum darauf Gehen und Fahren. Hübsche Blumenbeete oder Bäume mit Sitzbänken darunter gab es keine.

»Nicht so schick wie der Palast, aber zum Leben reicht es«, sagte Bodhur der Gigant, als hätte er Lottas Gedanken gelesen und lachte laut wie ein Traktor.

Auf dem Weg durch das Dorf erzählte er ihnen von den einst ruhmreichen Tagen, als vergangene Könige und Königinnen aus dem Kristallpalast nach Baumaterial und handwerklichem Geschick fragten. Es waren glorreiche Zeiten damals, doch seit einigen Jahren sei es ruhig im Osten Whandaras geworden. Hin und wieder verirrte sich der ein oder andere einsame Bote in das Dorf der Giganten, um eine Hand voll Opale zu ersteigern.

»Es scheint fast, als hätte man uns einfach vergessen«, sagte Bodhur etwas traurig und ließ den großen, zerzausten Kopf hängen. »Wir waren immer bekannt für unsere echt gute Arbeit, doch wie es scheint, werden unser Fleiß und unser Können einfach nicht mehr benötigt.«

Lotta verstand Bodhurs Wehmut und fühlte tief in ihrem kleinen Herzen mit ihm. Sie selber wusste nur allzu zu gut, wie schmerzhaft es sich anfühlen konnte, wenn aus gewohnter Aufmerksamkeit plötzlich fade Gleichgültigkeit wurde. Obwohl ihre Angst vor dem ruppigen Giganten, der sie bis eben zum Frühstück verspeisen wollte, noch nicht gänzlich verflogen war, so verspürte sie nun das große Bedürfnis, Bodhurs Hand zum Trost zu halten, doch dafür hätte sie gut einen Meter in die Luft springen müssen. Stattdessen griff sie kurzerhand nach seinem staubigen Hosenbein und hielt sich daran fest.

Bodhur zuckte kurz mit den Schultern und stieß ein lautes Schniefen aus, bevor er die beiden in eines der großen, klobigen Häuser führte. Darin stand ein riesiger Tisch, an dem zwei, drei andere Giganten saßen. Trostlos und mit hängenden Köpfen hockten sie über großen Steinkrügen, welche vermutlich mit Bier gefüllt waren. Trinkend und rülpsend warteten sie wohl nur darauf, dass auch dieser Tag vorüber gehen würde. Flackernder Kerzenschein ließ schwarze Schatten in den Ecken des ansonsten recht schmucklosen Gastraumes tanzen, wodurch die Bierstube geheimnisvoll und gleichzeitig bedrückend wirkte. Auf den ersten Blick schien dies wahrlich kein Ort zum entspannten Verweilen zu sein, doch Lotta versuchte sich davon nichts anmerken zu lassen.

»Seid bitte meine Gäste, ihr winzigen Leute, und esst und trinkt euch erst einmal so richtig satt!«, bot Bodhur mit ausgestreckten Armen an.

Wirklich einladend sah diese Spelunke nicht aus, aber Lotta wollte nicht unhöflich sein und nahm des Giganten Gastfreundschaft dankend an und mit einem strahlenden Lächeln gespielter Höflichkeit an. Mühsam versuchte sie, auf die viel zu hohe Holzbank zu klettern, welche vor dem viel zu großen Holztisch stand. Ihr Kinn reichte kaum bis zur Tischkante und so würde sie wohl kaum anständig trinken und speisen können. Bodhur bemerkte Lottas ziemlich großes Dilemma, entschuldigte sich auf seine poltrige Art und hob Lotta und Tintenfass kurzerhand auf die Tischplatte.

»Pflanzt euch einfach hier oben hin, ihr Zwerge«, sagte er und lachte glucksend. »Mit Tischmanieren haben wir hierzulande eh nicht so wirklich was am Hut.«

Einer der Giganten am Tisch rülpste mit einem Male so heftig, dass die Tischplatte, auf der Lotta saß, spürbar unter ihrem Hintern bebte. Es schien, als hätte Bodhur nicht untertrieben, als er das Benehmen der Giganten ansprach.

»Hey, wir haben Besuch aus dem Kristallpalast, du Vollidiot!«, donnerte Bodhur den rülpsenden Giganten an und gab ihm so einen heftigen Klaps auf die Schulter, dass der andere kurzerhand von der Bank fiel und auf den Boden plumpste. Bodhur grinste verlegen und setzte sich dann kurzerhand zu seinen beiden kleinen Gästen.

Nach einem schnellen Wink mit seiner großen Pranke kam der Wirt angetrabt und tischte riesige Teller und Schüsseln gefüllt mit heiß dampfenden Speisen auf. Vor ihnen wurden Kartoffeln groß wie Orangen, riesige Fleischberge und würzig duftende Soße serviert. Lotta nahm sich von allem etwas und fing an, sich den Bauch vollzuschlagen. Es schmeckte vorzüglich und auch Tintenfass bekam ein Schälchen mit Fleisch und Soße gereicht, aus dem er eifrig schmatzend fraß.

Nachdem sie fertig gegessen hatte, ließ sich Lotta müde zurücksinken und lag mit allen vieren von sich gestreckt auf der riesigen Tischplatte. So gut hatte sie lange nicht mehr gespeist, dachte sie sich und rieb sich zufrieden den vollen Bauch.

»Zum alten Umill in der Wüstensee wollt ihr also«, sagte Bodhur und rülpste in den Bierkrug hinein, aus dem er gerade trank. »Da habt ihr aber noch einen weiten Weg vor euch.«

»Ist es denn wirklich noch so weit?«, fragte Lotta mit matter Stimme. »Das Gebirge scheint doch so nah zu sein.«

»Nun, wenn eure eigenartigen Kristall-Dingsda-Wolkenpferde nicht auf halber Strecke zerscheppert wären, wärt ihr vermutlich schon längst da«, antwortete Bodhur. »Doch nun habt ihr die Opalberge erst noch vor euch und glaubt mir: Da kommt nochmal ein hartes Stückchen auf euch zu.«

Wie sollten sie im Alleingang nur jemals dieses Gebirge überqueren, fragte sich Lotta in Gedanken und ließ die Schultern hängen. Schon von Weitem ragte es wie eine riesige, unüberwindbare, schwarze Wand vor ihnen empor. Dies schien wahrlich kein Spaziergang für ein kleines Mädchen aus der sechsten Klasse und ihren sprechenden Kater zu sein.

»Na, nu mach mal nicht so ein langes Gesicht, du Krümel«, sagte Bodhur zwinkernd. »Wenn ihr im Auftrag des Kristallpalastes unterwegs seid, so will ich mir meinen Bart abschneiden, wenn wir euch nicht wohlbehalten auf die andere Seite der Opalberge bringen können.«

Bodhur erzählte eine weitere Geschichte aus den alten Tagen, in denen die Giganten für die Königsfamilie arbeiteten. Vor vielen Jahren hatten sie mit ihren großen Händen und Spitzhacken unzählige Gänge in den harten Stein des Gebirges geschlagen, um an die Schätze der Berge zu gelangen. Durchlöchert wie einen riesigen Käse hätten sie die Opalberge und am Ende ein Labyrinth aus dunklen Gängen hinterlassen, von denen einige wohl bis auf die andere Seite führen sollten. Doch man kann sich schnell verirren und nicht mal der älteste und weiseste Gigant vermag zu sagen, welche dunklen Wesen mittlerweile in den finsteren Höhlen hausten. Glücklicherweise waren Giganten in jenen

Tagen aber nicht nur tüchtige Bergbauer, sondern auch vortreffliche Kartenzeichner. Jeder Gang und jede Höhle wurden darauf vermerkt, um verirrte Wanderer sicher durch die Untiefen der Opalberge zu führen.

»Wie kommen wir an solch eine Karte?«, fragte Lotta.

»Der alte Beldam müsste noch eine haben«, antwortete Bodhur und griff sich nachdenklich in seinen verfilzten Rauschebart, in welchem noch ein paar Stücken Kartoffel mit Soße hingen.

»Dann sollten wir uns am Besten auf den Weg machen und diesen Beldam aufsuchen«, schlug Tintenfass schließlich vor, während er sich ausgiebig die letzten Tropfen Bratensaft aus den Schnurrhaaren putzte.

Der alte Beldam

Bodhur der Gigant nickte dem skeptisch dreinschauenden Wirt zu und warf ihm ein paar verbeulte Münzen auf den Tisch. Mit zusammengekniffenen Augen sammelte dieser sein Geld ein und starrte dabei Lotta und Tintenfass unentwegt an. Ein kleines Menschenkind und sein sprechender Kater schienen hierzulande äußerst ungewöhnliche Besucher zu sein. Lotta bereitete der durchdringende Blick des Wirtes etwas Unbehagen und sie entschied sich, vom Tisch zu krabbeln und sich im Schatten der übergroßen Möbel zu verstecken.

Erst als sie wieder draußen waren und ihnen die Mittagssonne in die Gesichter brannte, fühlte sie sich etwas wohler. Bodhur stapfte mit großen Giganten-Schritten voraus und führte die beiden Reisenden zu einer anderen Hütte am hinteren Ende des Dorfes. Diese Unterkunft war aus demselben groben Stein gehauen wie auch der Rest der Siedlung. Ein etwas schief geratener Turm mit tellerrunden Fenstern und ein kleiner, rauchender Schornstein ragte aus den marode wirkenden Dachziegeln des Gebäudes vor ihnen empor und hob es auf diese Weise von der ansonsten recht langweiligen Bauweise der umstehenden Häuser ab.

»So, hier sind wir. Hoffen wir mal, der alte Beldam hält nicht wieder eines seiner ewigen Nickerchen, denn dann kriegt der bis morgen früh nichts mehr mit«, sagte Bodhur und klopfte beherzt an die große, schwere Holztür, so dass diese anfing, wie ein Blatt Papier im Wind zu zittern. Nachdem sich in der Hütte niemand zu regen schien, klopfte Bodhur nochmal ein klein wenig heftiger an, bis auch die Wände der Behausung anfingen zu beben. Im Inneren war plötzlich ein Scheppern zu hören, dicht gefolgt von einer grimmigen Stimme, welche allerlei wilde Flüche in bester Giganten-Manier ausstieß, die man hier lieber nicht lesen möchte.

Ohne Vorwarnung wurde die Tür aufgerissen und gab den Blick frei auf einen steinalten und gekrümmt stehenden Mann. Die Augen waren weit aufgerissen vor Wut und Überraschung und eine verfilzte und mit Spinnweben behangene Zipfelmütze saß schief auf seinem Kopf.

»Willst du etwa mein ganzes Haus zum Einsturz bringen, du dämlicher Tölpel«, schimpfte der alte Gigant mit rauer Stimme und verzog das Gesicht, als hätte er den Geruch von faulem Kohl in der Nase.

»`Tschuldigung«, sagte Bodhur sichtlich verlegen und kratzte sich am Hinterkopf. »Ich habe hier zwei Besucher aus dem Kristallpalast, die dringend deine Hilfe benötigen.«

Der alte Beldam schaute verdattert an Bodhur vorbei. Nach einem kurzen Moment der Verwunderung blaffte er schließlich: »Welche Besucher? Ich kann hier niemanden sehen. Ich hoffe für dich, dass das nicht wieder einer von deinen stumpfsinnigen Streichen ist.«

»Hier unten sind wir«, rief Lotta plötzlich, stellte sich auf Zehenspitzen und wedelte mit beiden Armen in der Hoffnung, so auf sich aufmerksam zu machen. Der alte Gigant glotzte mit verdattertem Gesichtsausdruck zu den beiden kleinen Fremden hinunter. Lotta entschuldigte sich höflich für die Störung und erklärte mit hastiger Stimme den Grund für ihren Besuch: »Glücklicherweise wurden wir von freundlichen Geistern bis hierher gebracht und nun müssen wir nur noch die Opalberge passieren, um zu Ruberio Umill in der Wüstensee zu gelangen.«

»Hör auf zu reden, du Winzling«, unterbrach der alte Beldam plötzlich und schüttelte entnervt seinen zerzausten Kopf. »Deine quäkende Stimme raubt einem ja noch den letzten Nerv.«

Dann drehte er sich in der Tür um und verschwand im Inneren seiner Hütte.

»Kommt rein und macht die Tür hinter euch zu, wenn ihr nicht draußen im Dreck festwachsen wollt«, grummelte er den Besuchern nach einer Weile entgegen.

Das Innere von Beldams Heim war ein unaufgeräumtes Sammelsurium an verbeulten Töpfen und Schalen. Überall lagen große und verstaubte Bücher herum und Spinnweben hingen wie löchrige Gardinen von den Wänden. Hier und da spendeten halb heruntergebrannte, dicke Kerzen mit großen Wachsnasen ein klein wenig Licht. Lotta musste die Nase rümpfen bei dem strengen Geruch nach Staub und vergilbtem Papier. So sehr Lotta Leander Aufräumen auch hasste: In so einem Zustand würde sie ihr eigenes Kinderzimmer nie vorfinden wollen. Nichts nervte sie mehr, als Mama Leanders Moralpredigten über das unordentliche Zimmer ihrer Tochter, doch am Ende des Nachmittages und mit etwas Arbeitseinsatz stand dann doch wieder alles an seinem Platz und war sauber. Doch bei dieser Unordnung würde ein einzelner Nachmittag wohl nicht reichen, dachte sich Lotta und stolperte dann über einen Haufen Scherben am Boden.

»Pass doch auf!«, herrschte sie der alte Beldam an. »Dank des Trommelkonzertes eures großen, ungeschickten Freundes hier, ist vorhin meine Schale mit frischen, reifen Brummelbeeren vom Tisch gefallen. Tritt bloß nicht rein… vielleicht will ich ja die ein oder andere später noch essen.«

Der alte Beldam räumte anschließend ein paar Töpfe und Bücher von einer Ecke in die andere und bot seinen unerwarteten Gästen dann ein staubiges

Sofa zum Sitzen an. Er selber nahm in einem knarzenden Ohrensessel Platz und hörte mit nachdenklichem Stirnrunzeln dabei zu, wie Bodhur ihm den Plan erklärte, durch die Höhlen auf die andere Seite der Opalberge zu gelangen. Kopfschüttelnd erhob sich der alte Gigant am Ende behäbig aus deinem Sessel und kramte dann eifrig in seinen Schränken. Eine ganze Weile und ein grummeliges »Heureka!« später kam er schließlich zu ihnen zurückgeschlurft und setzte sich wieder in seinen riesigen Sessel. In der einen Hand hielt er ein großes, zusammengerolltes Stück dickes, vergilbtes Papier.

»Das ist die letzte, einigermaßen genaue Karte des Höhlenlabyrinthes, durch welches ihr Narren vorhabt zu irren«, raunte er mit trockener Stimme. »Ihr müsst wissen, dass diese Höhlen seit vielen Jahren nicht mehr von uns Giganten betreten wurden. Nachdem die Königsfamilie aus dem Kristallpalast uns hier draußen in der Einöde vergessen hat, fing unser Volk an, sich die Zeit lieber im Wirtshaus zu vertreiben.«

Beldam schaute mit leicht abschätzigem Gesichtsausdruck in Bodhurs Richtung.

»Warum hat die Königsfamilie denn kein Interesse mehr an eurer harten Arbeit?«, fragte Lotta mit aufrichtigem Interesse.

»Wer weiß«, seufzte der alte Beldam und ließ seinen faltigen Kopf hängen. »Früher waren die

Zeiten noch andere, musst du verstehen. Die Königsfamilie war damals ein recht kriegerisches Pack. Entweder man leistete treuen Gehorsam oder man wurde durch ihre dunkle Magie in den sicheren Tod verbannt. Wie ihr finsterer Zauber genau funktionierte und woher sie ihn hatten, vermochte keiner so recht zu sagen. Törichte Zungen behaupteten, dass sie irgendeine Art magische Maschine besaßen, mithilfe derer sie über Leben und Tod eines jeden Lebewesens entscheiden konnten. Eine grausame Vorstellung, wenn du mich fragst.«

Die Divinatio-Maschine, dachte Lotta. Fräulein Evandra hatte ihr von der furchtbaren Macht erzählt, zu welcher diese Apparatur im Stande war.

»Mit ihrer dunklen Hexerei verbreiteten sie überall östlich der Opalberge Angst und Schrecken und gewannen auf diese Weise immer mehr an Macht. Ihr Königreich wuchs und gedieh und dann kamen irgendwann schließlich die Giganten ins Spiel«, fuhr der alte Mann fort. »Sie brauchten kräftige Arbeiter, die ihnen dabei halfen, ihre Gier noch weiter zu befriedigen. Und so lieferten wir seltene Erden und kostbare Edelsteine, die sie zum Ausbau ihres Königreiches natürlich dankend annahmen.«

Lotta runzelte die Stirn. Warum denn nur unterstützten die Giganten mit ihrer ehrlichen Arbeit überhaupt diese finsteren Leute bei ihren üblen

Machenschaften? Warum wehrten sie sich nicht dagegen?

»Wehren?«, fragte der alte Beldam mit höhnischer Stimme. »Warum sollten wir die Hand beißen, die uns all die Jahre so zuverlässig fütterte und uns selber zu einem bescheidenen Wohlstand verhalf? Mein Volk wurde gebraucht und konnte seine Talente dort einsetzen, wo sie am Besten aufgehoben waren. Uns ging es gut in diesen Tagen und die Königsfamilie hat uns großzügig für unsere Dienste bezahlt. Es war sicherlich nicht die nobelste Art und Weise mit dieser furchtbaren Tyrannei umzugehen, aber auch nicht gerade die schlechteste, wenn es um das eigene Überleben geht.«

Lotta dachte angestrengt über die Worte des alten Giganten nach. Sie hatte einige Mühe sich vorzustellen, dass so ein herrlicher Ort wie der Kristallpalast, mit all seinen adretten Türmen und prunkvollen Hallen, einst ein furchtbarer Schauplatz des Schreckens gewesen sein sollte.

»Was ist dann passiert?«, wollte sie wissen, machte es sich auf dem Sofa im Schneidersitz bequem und stützte ihr Kinn auf beiden Händen ab. Beldam seufzte erneut und schüttelte ratlos den Kopf, als ob er selber keine genaue Antwort auf Lottas Frage wüsste.

»Palanca, die traurige Königin endete diese Schreckensherrschaft, indem sie den Kristallschlüssel für die Divinatio-Maschine zerstören ließ«, sagte Tintenfass plötzlich. Der schwarze Kater saß kerzengerade auf dem Sofa direkt neben Lotta und schaute mit nachdenklichem Blick in die Ferne.

»Die traurige Königin also«, raunte der alte Gigant mit einem matten Grinsen. Wer hätte gedacht, dass die endgültige Niederlage der Königsfamilie aus den eigenen Reihen kommen würde.«

Palanca.

Dies war also der richtige Name der traurigen Königin, dachte Lotta überrascht. Ob ihre Eltern damals schon geahnt hatten, dass es die eigene Tochter und rechtmäßige Thronfolgerin war, die mit ihrer selbstlosen Güte am Ende ganz Whandara den lang ersehnten Frieden bringen würde? Lotta verstand sicherlich nicht viel von Regierungsgeschäften, doch sie war sich nun ziemlich sicher, dass die schwere Last ihrer Familiengeschichte einen nicht unwesentlichen Teil zur Niedergeschlagenheit von Königin Palanca beitrug.

»Ich habe die traurige Königin kennengelernt«, sagte Lotta fast schon etwas stolz darüber, selbst etwas zu dieser Geschichte beitragen zu können. »Sie ist wirklich eine sehr freundliche Frau und machte auf mich wirklich nicht den Eindruck, als würde sie jemanden etwas Böses antun wollen.«

»Nun, was des einen Gewinn, ist des anderen Verlust«, sagte Beldam mit bitterer Stimme und grinste abschätzig. »Der Frieden ist wahrlich eine feine Sache, doch leider brachte er für uns Giganten nicht nur Gutes. Seither vertreibt sich mein Volk mit sinnlosen Tagträumen die Zeit und verkommt immer mehr zu einem antriebslosen Pack mit schlechten Manieren.«

Der alte Gigant rieb sich seine müden Knie, erhob sich ächzend aus dem großen Ohrensessel und machte sich daran, wieder zurück zu dem wackeligen Schrank zu schlurfen, um die alte Karte an ihren ursprünglichen Platz zurückzulegen. Vergessen in einer knarrenden Schublade und bedeckt von alten Büchern, würde sie dort vermutlich irgendwann einfach zu Staub zerfallen.

»Du musst dich langsam ran halten, wenn du den alten Beldam doch noch davon überzeugen willst, dir zu helfen«, flüsterte Bodhur dem kleinen Mädchen hinter vorgehaltener Hand zu.

Völlig ratlos, mit hochgezogenen Schultern und fragendem Blick, schaute Lotta erst Bodhur und dann Tintenfass an. Was sollte sie denn jetzt nur anstellen, um den alten Giganten umzustimmen?

»Giganten sind ein Volk aus Arbeitern und Händlern«, warf Tintenfass zwinkernd ein. »Mache ihm ein gescheites Angebot, welches er unmöglich ablehnen kann. Dann dürfte es vermutlich klappen.«

Lotta überlegte angestrengt, wie sie ihm und seinem Volk entgegenkommen konnte. Was für einen brauchbaren Handel sollte ein kleines, einsames Mädchen den Giganten denn nur anbieten? Im Bergbau konnte und wollte sie nicht schuften, denn dafür war sie viel zu zierlich. Geld und kostbare Schätze besaß sie auch nicht und gegen die Trostlosigkeit und Langeweile des einst so tüchtigen Volkes konnte sie erst recht nur wenig ausrichten. Selbst die großen, gescheiten Männer daheim im Fernsehen wussten auf ähnliche Fragen auch keine brauchbare Antwort und waren immer mehr damit beschäftigt einen guten Eindruck zu hinterlassen mit ihren schlauen Worten und ihren schicken Anzügen. Nicht, dass Lotta von solchen Dingen irgendetwas verstand, aber zu oft durfte sie Mama und Papa Leander dabei zusehen, wie sie sich über diese Leute in den allabendlichen Nachrichten aufregten.

Bei dem Gedanken an ihre Eltern kam Lotta plötzlich eine fabelhafte Idee: Unterm Strich geht es in vielen Momenten ja genau darum, einen guten Eindruck zu hinterlassen.

Und so schlug Lotta dem alten Beldam vor, der traurigen Königin von seinem Volk zu erzählen. Sie bat ihn, ihr eine Auswahl schöner und edel verarbeiteter Schmucksteine zu geben, welche sie

Königin Palanca nach ihrer Rückkehr in den Kristallpalast als Geschenk der Giganten überreichen würde. Vielleicht hatte sie das tüchtige Volk am anderen Ende ihres Königreiches einfach nur vergessen und solch eine fabelhafte Geste würde sie gewiss davon überzeugen, dessen Dienste wieder öfter in Anspruch zu nehmen.

Beldam wirkte plötzlich sichtlich beeindruckt.

»Wer hätte gedacht, dass in diesem Winzling solch eine große Diplomatin steckt«, sagte er mit einem breiten Grinsen.

Lotta hatte keine Ahnung was »Diplomatin« bedeutete. Es war wieder eines dieser großen Worte, von denen sie zwar wusste, dass sie etwas Wichtiges meinten, dessen Bedeutung sie aber einfach nicht verstand. Doch es klang nach einem schönen Wort und Lotta lächelte verlegen.

»Wenn du tatsächlich ein gutes Wort für uns bei der Königin einlegen würdest, so will ich dir gern bei deiner Reise behilflich sein«, sagte der alte Gigant mit gutmütiger Stimme, schlurfte wieder zurück zu seinem Ohrensessel und reichte Lotta die große, ledrige Karte.

Irrfahrt durch dunkle Höhlen

Nach einem kurzen Fußmarsch quer durch das Dorf standen Lotta, Tintenfass, Bodhur und der alte Beldam vor einem großen, dunklen Höhleneingang im Fuße der Opalberge. Aus dem Inneren des schwarzen Schlundes wehte ein kühles, abgestandenes Lüftchen. Steil und scheinbar endlos ragten die felsigen, glänzend schwarzen Wände der Opalberge vor ihnen in schwindelige Höhe. Die Gipfel des Gebirges konnte Lotta von dort unten nicht erkennen, selbst wenn sie sich anstrengte und den Kopf in den Nacken legte, bis es fast schmerzte. Lotta gefiel die Idee, durch die dunklen Höhlen zu marschieren immer weniger und in leiser Hoffnung schaute sie sich in beide Richtungen entlang der Felswände um. Weder rechts, noch links von ihr war ein Ende des Gebirges erkennbar und es hätte vermutlich Tage, wenn nicht sogar Wochen gedauert, das Gebirge zu umwandern.

»Kurz hinter dem Eingang zur Höhle werdet ihr die Gleise der alten Grubenbahn finden«, sagte Beldam. »Wenn ihr Glück habt, stehen dort noch ein paar Gondelwagen herum, die euch einigermaßen sicher zumindest ein ganzes Stück weit durch die Höhlen bringen werden. Sobald sich die Gleise gabeln, solltet ihr einen Blick auf die Karte werfen, um euch nicht heillos in den finsteren Gängen zu verirren.«

Beldam kramte anschließend in seiner ausgebeulten Hosentasche herum und holte ein kleines Säckchen voller glitzernder, fein geschliffener Edelsteine hervor. Sie waren allesamt herrlich anzuschauen und schimmerten in allen Farben.

»Hier, mein Kind«, raunte der alte Gigant zwinkernd. »Gib dies nach deiner Rückkehr in den Kristallpalast der traurigen Königin zusammen mit den besten Grüßen vom alten Beldam. Vielleicht geht dein kleiner Gedanke von vorhin ja auf.«

Lotta nahm das kleine Säckchen dankend entgegen und konnte nur staunen über die Schönheit dieser kostbaren Steine. Für sie war es nur schwer vorstellbar, dass Giganten mit ihren großen Händen so etwas Feines und Hübsches herstellen konnten. Sie verstaute den Beutel sicher in ihrem kleinen Rucksack und atmete noch einmal tief durch, bevor sie ihren Marsch in die Höhle antrat.

»Na dann: Hals und Beinbruch, ihr lieben Winzlinge«, sagte Bodhur plötzlich, klatschte kurz in seine großen Pranken und war gerade dabei, auf der Hacke kehrtzumachen, um ins Dorf zurückzustapfen.

»Wo willst du denn hin, du Riesen-Tölpel?«, fragte Beldam mit zusammengekniffenen Augen. »Du wirst die beiden dort drinnen nicht dem sicheren Tod überlassen, sondern sie gefälligst anständig durch die Höhlen begleiten. Wir Giganten sind zwar nicht gerade bekannt für unsere gute Manieren, aber elendig verrecken lassen wir auch keinen.«

Bodhur war mit Beldams Anweisung alles andere als glücklich und versuchte sich mit allerlei Ausreden aus seiner Verantwortung heraus zu winden. Beldams versteinerter Gesichtsausdruck verriet, dass der alte Gigant dahingehend keinerlei Widerworte duldete und so gab Bodhur letzten Endes seufzend auf und ließ Kopf und Schultern sinken.

Als sie in den finsteren Gang hineingetreten waren, drehte sich Lotta noch einmal kurz zum Abschied um. Beldam stand noch winkend vorm Eingang zur Höhle und so weit das Mädchen es im Halbdunkel erkennen konnte, schien er sogar einen herzlichen und warmen Ausdruck der Freude im Gesicht zu tragen. Nur diesmal war es nicht etwa dieses grimmige Grinsen der Geringschätzung, welches der alte Gigant sonst so gern auflegte, sondern ein breites und aufrichtiges Lächeln, welches von einem Ohr bis zum anderen reichte.

Die Höhle war groß und zog sich vor ihnen in scheinbar unendliche Länge. Die Wände waren aus schimmernd schwarzem Stein und die Furchen, die sich von unten bis oben zogen, verrieten, dass der Gang vor langer Zeit mit Spitzhacke und großer Mühe in die Berge gehauen wurde. In regelmäßigen Abständen erhellten sanft glühende, etwa melonengroße Edelsteine den Gang vor ihnen gerade so weit, dass sie nicht durch vollkommene Dunkelheit stolpern mussten. Feuerglimmer nannte Bodhur die Steine mit ihrem mystischen Leuchten und Lotta erinnerte sich, so etwas ähnliches auch schon in der Höhle gesehen zu haben, durch die sie einst überhaupt erst in dieses Land gestolpert kam.

Eine kleine Weile später erreichten sie ein paar rostige Gleise, auf denen zwei große, klobige Gondelwagen standen. Das musste die Grubenbahn sein, von welcher der alte Beldam besprochen hatte, dachte Lotta.

»Nicht gerade die bequemste Kutsche in dieser Gegend, aber für uns dürfte es reichen«, sagte Bodhur und stieg in die vordere der beiden Gondeln. Sein mächtiger Körper füllte beinahe das ganze rostige Gefährt aus, so dass Lotta und Tintenfass kurzerhand in den hinteren Wagen kletterten.

»Festhalten, bitte!«, rief Bodhur schließlich und versuchte schnaufend einen Hebel an der äußeren Wagenseite nach vorne zu drücken - vermutlich, um die Bremsen zu lösen.

»Festgerostet. Verdammt!«, fluchte der Gigant.

Nach zwei, drei kräftigen Hieben mit seiner großen Faust gab der Hebel schließlich ächzend nach und kippte nach vorne. Die beiden Gondelwagen setzte sich langsam rumpelnd in Bewegung und nahmen nach und nach immer mehr an Geschwindigkeit auf. Nach einer kleinen Weile rollten sie mit beachtlichem Tempo durch die dunklen Gänge. Der kühle Fahrtwind schmeckte staubig und abgestanden und Lotta hatte alle Mühe, bei den scharfen Kurven nicht aus der Gondel zu fallen. Rechts und links huschte leuchtender Feuerglimmer an ihnen vorbei. Lotta kam sich vor wie bei einer wildgewordenen Achterbahnfahrt und unter normalen Umständen hätte sie diese mit juchzendem Geschrei genossen. Doch ohne die straffen Sicherheitsgurte und das lustige Foto am Ende der Fahrt, auf dem immer nur wehende Haare und alberne Grimassen zu erkennen waren, machte das Ganze überhaupt keine Freude. Ganz im Gegenteil. Lotta war kreidebleich vor Angst und musste sich mit beiden Händen angestrengt festhalten, um nicht plötzlich aus den Wagen zu fallen. Im Halbdunkel vor ihnen konnte Lotta trotz aller Panik erkennen, dass sich wenige hundert Meter weiter vorne die Gleise zu gabeln schienen. Wir sollten wohl besser langsamer werden, um rechtzeitig vor der Gabelung anzuhalten, dachte sich Lotta mit zusammengepressten Lippen. Bodhur schien glücklicherweise genau den gleichen

Gedanken zu haben und versuchte den Hebel wieder nach oben zu ziehen, um den Wagen abzubremsen.

»Mist!«, brüllte er nach hinten. »Das blöde Ding klemmt schon wieder!«

Plötzlich war ein lautes »Klonk!« zu hören, dicht gefolgt von einem unangenehmen, metallischen Kreischen. Zwischen den beiden Gondelwagen sprühten mit einem Male Funken hoch und sie rasten noch immer mit Affenzahn auf die Gabelung zu. Dann gab es einen kurzen Ruck, welcher Lotta ordentlich in ihrer Gondel durchschüttelte, und mit ihm verschwand auch der gefährlich aussehende Funkenregen. Obwohl Lotta alle Hände voll damit zu tun hatte, nicht aus dem Gefährt zu fallen, erkannte sie, dass der Abstand zwischen ihrem und Bodhurs Gondelwagen immer größer wurde.

Unsere Wagen sind nicht mehr miteinander verbunden, dachte Lotta und brodelnde Panik machte sich in ihr breit.

An der Gabelung angekommen musste sie mit Entsetzen feststellen, dass der vordere Wagen nach links abbog, während ihrer nach einem weiteren ungemütlichen Ruck nach rechts weiterfuhr.

»Bodhur!«, schrie das kleine Mädchen ganz verzweifelt und sein Herz sprang vor Angst fast aus ihrer Brust. Doch es war zu spät, denn Bodhur war in eine komplett andere Richtung ohne sie weiter gefahren. Vor lauter Angst bemerkte sie dabei gar nicht, wie Tintenfass sich laut miauend an ihrem Bein festkrallte.

Der Wagen raste gefährlich quietschend in eine Kurve und schüttelte dabei seine beiden schreienden Passagiere ordentlich durch. Nach einer weiteren, waghalsigen Kurve gaben die kleinen Räder endgültig ihren Geist auf und der Wagen fing an bedrohlich auf den Gleisen zu taumeln. Mit einem Mal machte das ganze Gefährt einen hohen Satz nach links und prallte scheppernd gegen die schwarze Steinwand. Funkensprühend schrammte der Wagen seitlings noch ein paar Meter an der Wand entlang, bevor er endlich langsam zum Stehen kam und dann plump wie eine alte Konservendose umkippte. Lotta und Tintenfass purzelten schreiend aus der Gondel und landeten mit dem Gesicht voran im schwarz glitzernden Dreck.

Nach einem kurzen Moment stand Lotta taumelnd auf und hielt sich den Kopf. Tintenfass kroch mit eingezogenem Schwanz zwischen ihren Beinen umher und schüttelte sich Schmutz und Rost aus dem Fell. Das Mädchen ließ kurz den Blick wandern, um sich ein besseres Bild von dem Schlamassel machen zu können. Der verbeulte Gondelwagen lag mit immer noch drehenden Rädern auf der Seite.

Der würde wohl keinen Meter mehr fahren, dachte sich Lotta verzweifelt und schaute sich dann in dem Gang um. Scheinbar endlos wand sich der Tunnel vor ihnen durch das Gebirge.

Völlig orientierungslos entschied Lotta, einen Blick auf die Karte zu werfen, die der alte Beldam ihnen mitgegeben hatte. Im Halbdunkel hatte sie jedoch alle Mühe etwas zu erkennen. Mit zusammengekniffenen Augen versuchte sie, ihren Blick zu schärfen und hielt die Karte ganz nah an ihr Gesicht.

Plötzlich bemerkte sie etwas Warmes auf ihrer Brust und schaute verdutzt an sich hinunter. Der Kragen ihres Oberteils war durch den Sturz eben weit auseinandergerissen, so dass Fräulein Evandras Kristallanhänger heraushing. Er gab ein sanftes, weißes Strahlen von sich, gerade hell genug, um etwas besser sehen zu können.

Aber natürlich, dachte Lotta. Fräulein Evandra sagte ja, dass der Anhänger Licht in dunklen Stunden bringen würde. Lotta dachte erst, dass dies nur wieder eines dieser eigenartigen Sätze war, die Erwachsene eben manchmal so von sich geben. Wie konnte Lotta auch ahnen, dass es eben genau so gemeint war. Dankbar griff sie nach dem kleinen Kristall und hielt ihn dichter an die Karte heran.

Auch wenn Lotta sich nicht allzu gut mit Kartenlesen auskannte, so musste sie leider mit Entsetzen feststellen, dass sie genau in die falsche

Richtung gerast waren. Der Gang, in dem sie sich befanden, führte nämlich noch tiefer in das Gebirge hinein, anstatt sie auf kürzestem Wege wieder ans Tageslicht zu bringen.

»Bodhur!«, rief sie vor lauter Panik und aus voller Brust. »Wir sind hier!«

Keine Antwort.

Nur das Echo ihrer eigenen, verzweifelten Stimme war zu hören.

»Du solltest nicht so laut herumschreien«, sagte Tintenfass plötzlich und stand ungewöhnlich angespannt neben Lottas Beinen. Mit gespitzten Ohren wie zwei schwarze Pinsel, welche aufrecht im Wasserglas standen, schaute er mit seinen großen, grünen Augen unentwegt in den hinteren Teil der Höhle, aus dem sie mit dem Wagen gekommen waren.

Lotta verstummte und schaute ebenfalls in die gleiche Richtung, konnte aber nichts erkennen. Plötzlich war ein leises, aber hörbares Knirschen zu hören. Gerade als Lotta es als Unfug abstempeln wollte, erkannte sie zwei kleine, funkelnde Lichter im Schatten der Höhle. Lotta bekam es mit der Angst zu tun und ballte ihre eine Faust fest um den immer noch leuchtenden Kristallanhänger um ihren Hals.

Die beiden kleinen Lichter schienen näher zu kommen. Plötzlich trat ein recht winziges Männlein aus den Schatten heraus und kam in seltsam geduckter Haltung auf sie zu. Es war kaum größer als ein Brotlaib und sah überall an seinem ganzen grauen Körper seltsam zerfurcht aus. Die beiden funkelnden Lichter entpuppten sich bei näherer Betrachtung als zwei weißlich glühende Knopfaugen, die tief in dem kleinen, borkigen Gesicht steckten. Scheinbar von unschuldiger Neugier angezogen, kam das ulkige Männlein immer näher auf sie zu, bis es mit einem Male kaum mehr als zehn Meter vor Lotta und Tintenfass stehen blieb. Langsam neigte es seinen murkeligen Kopf erst in die eine, dann in die andere Richtung. Obwohl der kleine Dreikäsehoch auf den ersten Eindruck eher putzig dreinschaute, bekam es Lotta mit einem seltsamen Gefühl des Unbehagens zu tun und trat vorsichtig einen halben Schritt zurück. Dem kleinen Männlein schien dies überhaupt nicht zu gefallen und es öffnete seinen winzigen Mund und gab den Blick auf spitze, boshaft funkelnde Zähnchen frei. Plötzlich stieß das kleine Wesen einen schrillen Schrei aus, welcher durch Mark und Bein zu dringen schien. Lotta musste sich bei dem unangenehmen Lärm glatt die Ohren zuhalten und ließ dabei fast die Karte fallen.

»Steingnome!«, rief Tintenfass und machte einen flinken Satz in die entgegengesetzte Richtung. »Wir sollten besser schnell verschwinden. Wo einer ist, treiben sich oftmals noch viel mehr von denen herum. Und glaube mir: Steingnomen möchte man nicht im Rudel begegnen.«

Ohne weiter darüber nachzudenken, machte Lotta auf der Hacke kehrt und rannte Tintenfass hinterher. Hinter ihnen war eifriges Tippeln und Knirschen zu hören. Als Lotta kurz über ihre Schulter hinter sich blickte, sah sie mit Entsetzen, dass Tintenfass leider Recht behalten sollte: Dort in der Dunkelheit waren nun noch einige Dutzend mehr von diesen kleinen, fiesen Augen aufgetaucht. Lotta war sich nicht ganz sicher, aber es mussten bestimmt an die zwanzig Steingnome sein, die ihnen nun mit ihren schnellen, kleinen Beinchen dicht auf den Fersen waren.

Das Mädchen und sein Kater rannten so schnell sie konnten. Ihre Seite fing schon ganz furchtbar an zu stechen vor lauter Anstrengung und sie hatte alle Mühe nicht über die halb vermoderten Gleisbohlen unter ihren Füßen zu stolpern. Ihre Beine brannten mittlerweile wie Feuer und sie wollte fast schon aufgeben und sich einfach auf den Boden fallen lassen. Soll sie doch von Steingnomen gefressen werden, dachte sich Lotta in verzweifelter Erschöpfung, als sie plötzlich eine kleine, halbrunde Tür in der Steinwand rechts von sich bemerkte.

Lotta rannte mit ihrer letzten Kraft auf die rettende Tür zu und versuchte hastig, diese zu öffnen. Es gab weder eine Klinke, die sie drücken, noch einen Knauf, den sie drehen konnte und so warf sie sich einfach mit der Wucht ihres ganzen Körpers dagegen. Lottas Schulter schmerzte schon, doch die Tür wollte sich keinen einzigen Zentimeter bewegen. Panisch drehte sich Lotta in Richtung ihrer kleinen, bösartig kreischenden Verfolger um, die mittlerweile gefährlich nah gekommen waren. In ängstlicher Wut riss sie sich den Kristallhänger vom Hals und warf ihn schreiend den Steingnomen entgegen.

Eine wirklich blöde Idee, dachte sich Lotta in dem Moment und bereute sogleich ihre Verzweiflungstat.

Der tropfenförmige Kristall prallte gegen die schwarze Felswand rechts neben ihnen, an welcher er in einem hellen Klirren zerbrach. Ein gleißendes Licht strömte plötzlich aus dem zerbrochenen Anhänger und erhellte den Gang hinter ihnen mit blendendem Weiß. Lotta musste sich bei all der plötzlichen Helligkeit die Augen zuhalten und auch den Steingnome schien das Licht ganz und gar nicht zu gefallen, denn im Gang hinter ihr war nun ein fuchtiges Kreischen zu hören. Als das unangenehme Blitzen in den Augen des Mädchens endlich abgeklungen war und der Kristall sein letztes Fünkchen Zauberkraft verloren hatte, wurde es wieder schummerig dunkel in der Höhle. Lotta konnte sehen, dass die kleinen Steingnome immer noch geblendet und ganz verdattert am Boden verstreut lagen und einige Mühe hatten, wieder auf die Beinchen zu kommen.

»Schnell, wir müssen uns beeilen. Lange werden sie sich nicht aufhalten lassen!«, sagte Tintenfass hektisch und tänzelte ungeduldig zwischen Lottas Beinen umher.

Kurze Zeit später stand auch schon der erste Steingnom wieder auf, schüttelte sein graues, zerfurchtes Köpfchen und schaute Lotta mit hasserfülltem Blick direkt in die Augen. Mit einem boshaften Fauchen machte er einen Satz nach vorne und rannte wieder auf sie zu.

Lotta nahm noch einmal Anlauf und warf sich erneut gegen die Tür.

Wie durch ein Wunder gab sie diesmal tatsächlich nach und das Mädchen stürzte mit der Nase voran auf die andere Seite. Ohne lange zu zögern, rappelte sie sich sofort wieder auf und warf die Tür hinter sich zu. Auf der anderen Seite war ein dumpfer Schlag zu hören, als der kleine Steingnom mit voller Wucht von der rettenden Tür abprallte.

Völlig erschöpft lehnte sich Lotta rücklings gegen die Wand und rutsche langsam nach unten. Ihr Herz pochte immer noch heftig vor lauter Anstrengung und sie hielt sich schwer atmend die Brust. Auf der anderen Seite der Tür waren immer noch die wütenden Steingnome zu hören, wie sie hartnäckig versuchten, sich durch das Holz zu kratzen und zu beißen. Nach einer scheinbar endlosen Weile wurden das Gekratze und Gekeife jedoch immer leiser, bis es schließlich ganz aufhörte. Lotta saß noch eine ganze Weile unten auf dem Boden an die Tür gelehnt und atmete tief durch. Als sie sich langsam wieder beruhigt hatte, schaute sie sich um. Erleichtert stellte sie fest, dass Tintenfass wohlauf neben ihr hockte und sich eifrig putzte.

»Das war knapp«, schnurrte er, als wäre nichts weiter gewesen. »Hier dürften wir fürs Erste sicher sein.«

Das hoffe ich, dachte sich Lotta. Doch wo genau war *Hier* eigentlich?

Lotta schaute sich langsam in der dunklen Höhle um. Obwohl an mehreren Stellen Feuerglimmer an den Wänden hing, so war es doch noch einmal merklich finsterer in diesem Teil des Höhlenlabyrinthes. Zu ihrer Überraschung konnte sie jedoch so etwas wie eine behelfsmäßige Liege in der Mitte der Höhle erkennen. Eigentlich war es vielmehr ein grob gehauener, länglicher Stein, auf dem ein wenig Stroh und alte Lumpen lagen.

Das musste so etwas wie ein Ruheraum der Giganten gewesen sein, in dem sie sich von der harten Arbeit unter Tage erholen konnten, dachte Lotta und stolperte völlig erschöpft in die Mitte der Höhle. Ein kurzes Nickerchen dürfte nach all der Hektik nicht schaden, sagte sich das kleine Mädchen und kletterte auf das zerlumpte Bett.

»Gar keine so dumme Idee. Hier können wir uns für einen kleinen Moment ausruhen«, stimmte Tintenfass zu und hüpfte hinauf zu Lotta, wo er sich unten an ihren Beinen zusammenrollte. »Wir sollten allerdings schleunigst aufbrechen, sobald wir uns etwas erholt haben. Je eher wir diese furchtbaren Höhlen hinter uns lassen, desto besser.«

Lotta bekam schon gar nicht mehr mit, dass Tintenfass sich zu ihr auf die Steinliege gesellte. In der Sekunde, in der sie ihren Kopf auf dem trockenen Stroh bettete, fiel sie in einen tiefen, ruhigen Schlaf.

Aufgewacht!

Warme, helle Sonnenstrahlen kitzelten Lotta sanft aus dem Schlaf.

Als sie endlich die Augen aufschlug, sah sie, wie die Vorhänge am Fenster neben ihrem Bett sanft im Wind wehten. Die lachenden Sterne, welche auf den Stoff genäht waren, tanzten lustig hin und her. Lotta erinnerte sich, wie Mama Leander einst in mühsamer Handarbeit jeden Stern einzeln an die Vorhänge angebracht hatte. Und obwohl sie mittlerweile eigentlich viel zu alt für solch albernen Kinderkram war, liebte Lotta sie über alles. Jeder noch so hartnäckige Versuch ihrer Mutter, endlich die Vorhänge abzunehmen und sie durch neue auszutauschen, stieß bei Lotta auf entschiedene Ablehnung. Und so hingen sie nach all den Jahren noch immer an den Fenstern von Lottas Kinderzimmer.

Kinderzimmer?

Endlich begriff das Mädchen, wo es war.

Sie befand sich gar nicht mehr in diesem furchtbaren Höhlenlabyrinth, sondern war daheim in ihrem Zimmer. Lotta schaute sich vorsichtig um.

Da waren ihr Schreibtisch, ihr Bücherregal, ihre Poster an der Wand und ihre Figurensammlung auf der Fensterbank. Alles wie gewohnt und an seinem Platz. Vor unendlicher Freude darüber fing sie an, schluchzend zu weinen. So glücklich war sie schon seit einer gefühlten Ewigkeit nicht mehr und drückte ihren halb zerfledderten Kuschelteddy fest an sich. Eine kurze Weile und eine Menge Freudentränen später krabbelte sie endlich aus ihrem Bett, schlüpfte in ihre Hausschuhe und eilte schnurstracks in die Küche.

Sie musste sich kurz zwicken, um sicher zu gehen, dass sie nicht nur träumte, als sie Mama Leander in der Küche stehen sah, wie sie eifrig Eierkuchen in der Pfanne wendete. Die ganze Küche duftete herrlich nach süßer Vanille.

»Du bist endlich aufgewacht, kleine Schlafmütze«, sagte Mama Leander plötzlich und lächelte Lotta strahlend an. »Und ich dachte schon, wir bekommen dich heute erst zum Abendessen zu Gesicht.«

Mama?

Lotta stand wie angewurzelt in der Küchentür und brachte nicht mehr als ein leises Stammeln über ihre Lippen. Mama Leander legte bei dem Anblick ihrer Tochter plötzlich den Kopf in den Nacken und fing an, herzlich laut zu lachen.

»W-was für einen Tag haben wir denn heute«, war der einzige vernünftige Satz, den Lotta vor lauter Überraschung in diesem Moment herausbringen konnte.

»Was für ein Tag heute ist?«, wiederholte Mama Leander die Frage ihrer Tochter. »Na heute ist Eierkuchentag. Und nun solltest du dir lieber Gesicht und Hände waschen und dich schnell an den Tisch setzten, bevor dein lieber Vater noch alles alleine auffuttert. Du weißt, wie sehr er solche süßen Speisen liebt.«

Papa?

Ohne lange darüber nachzudenken, rannte Lotta aus der Küche direkt ins Wohnzimmer, wo Papa Leander in einem großen Sessel in der Zimmerecke saß und seinen Kopf hinter der Tageszeitung versteckte. Das kleine Mädchen rannte auf ihren geliebten Papa zu und hüpfte direkt auf seinen Schoß. Papa Leander ließ die nun völlig zerknitterte Tageszeitung nach unten sinken und gab so den Blick auf sein ebenso freudig strahlendes Gesicht preis.

»Guten Morgen, mein Prinzesschen«, sagte er amüsiert.

Prinzesschen.

So hatte er sie schon seit einer Ewigkeit nicht mehr genannt. Insgeheim dachte Lotta immer, dass dieser Kosename eigentlich etwas albern war, doch jetzt, wo sie ihn anstatt der üblichen Standpauken der letzten Wochen hörte, machte ihr Herz vor lauter Freude einen regelrechten Sprung.

»Lass uns gemeinsam essen. Deine Mama hat den ganzen Morgen in der Küche gestanden und ein leckeres Frühstück gezaubert«, sagte Papa Leander, faltete seine Tageszeitung sorgsam zusammen, stand auf und setzte sich an den großen, gedeckten Tisch. Das musste sich Lotta natürlich nicht zweimal sagen lassen. Noch ehe jemand das Wort ›Pfannkuchen‹ auch nur buchstabieren konnte, saß sie an ihrem üblichen Platz an der Stirnseite. Kurze Zeit später jonglierte Mama Leander gekonnt einen Teller mit einem hohen Stapel frischer, duftender Eierkuchen ins Wohnzimmer und setzte sich dann zu ihnen. Lotta packte sich gleich drei Portionen auf einmal auf den Teller, strich dick Apfelmus oben drauf und war fast dabei, sich den ersten Happen in den Mund zu stopfen.

Ich soll ja nicht immer so gierig sein und schlingen, besann sich Lotta eines Besseren und schaute verlegen in Richtung ihrer Eltern. Doch statt ihr eine Moralpredigt zu halten, lächelten die beiden nur immerfort und ermutigten Lotta sogar dazu, noch etwas mehr Mus drauf zu streichen und ordentlich reinzuhauen. Und das tat sie dann auch.

Fünf fingerdicke und zuckersüße Eierkuchen hatte sie geschafft und war anschließend schon wieder ganz matt und müde von dem vielen Essen.

»Geh in dein Zimmer, ruhe dich aus und spiele etwas, wenn du magst. Wir bereiten derweil das Mittagessen vor«, bot ihr Papa Leander lächelnd an.

»Was möchtest du denn zu Mittag essen? Schokotorte? Gänsebraten? Dampfnudeln mit Vanillesauce?«, fragte Mama Leander mit fröhlicher Stimme.

Lotta konnte es kaum fassen.

Statt zum Abwaschen des Geschirrs verdonnert zu werden, durfte sie jetzt nach dem Essen in den Tag hineinleben und sich die Zeit bis zur nächsten Mahlzeit mit Dingen vertreiben, auf die sie gerade Lust hatte.

Mit einem freudigen Quieken sprang sie auf und eilte in ihr Zimmer.

Gerade als sie durch die Tür treten wollte, blieb sie plötzlich stehen und starrte mit großen Augen auf das, was direkt vor ihr auf ihrem Zimmerteppich saß.

Eine Katze mit schwarzem, glänzendem Fell und stechenden, grünen Augen hockte direkt vor ihr und putzte sich in typischer, entspannter Katzenmanier.

Tintenfass?

Lotta rieb sich ungläubig die Augen. Wenn all das vorhin nur ein verrückter Traum gewesen sein sollte, wie kam es dann, dass der sprechende Kater immer noch bei ihr war?

»Na die Überraschung ist uns scheinbar wirklich gelungen, Schatz«, hörte Lotta plötzlich Papa Leander sagen. Ihre beiden Eltern standen mit strahlendem Lächeln nebeneinander direkt hinter ihrer Tochter und hielten sich dabei zärtlich an den Händen.

»Wir dachten uns, du würdest dich über ein kleines Haustier freuen«, fügte Mama Leander vergnügt hinzu. »Er scheint sehr reinlich zu sein und macht auch bestimmt nicht viel Mühe. Ich bin mir sicher, ihr beide werdet schnell gute Freunde werden.«

Lotta hatte sich schon immer ein Haustier gewünscht und ihre beiden Eltern mehr als einmal darum gebeten. Doch die Antwort war stets die gleiche: Haustiere machen Arbeit und Schmutz und sie seien auch kein Spielzeug, welches man einfach in die Ecke stellen könne, wenn man mal keine Lust mehr auf sie hatte.

Lotta bedankte sich überrascht für das völlig unerwartete Geschenk und fragte sich, was bei ihren Eltern den Sinneswandel wohl bewirkt hatte. Es spielte aber im Grunde auch keine Rolle, denn sie hatte endlich ein Haustier und sie würde ihren

Eltern schon zeigen, dass sie sich sehr wohl darum kümmern könne.

Das Mädchen hockte sich direkt vor das hübsche Tier und begann, es behutsam zu streicheln.

»Na, mein lieber Tintenfass. Ich weiß zwar nicht, warum *du* hier bist, aber das ist eigentlich auch vollkommen egal, denn mir geht es gut und dir geht es gut und dieser böse Traum ist endlich vorbei«, sagte Lotta leise.

Der Kater schaute sie direkt mit seinen großen, grünen Augen an.

Ein einfaches und recht ausdrucksloses Miauen war alles, was er Lotta zu entgegnen hatte, bevor er sich wieder dem Putzen zuwandte.

Wie dumm von mir, dachte sich Lotta.

Für einen Moment hatte sie die stille Hoffnung, dass Tintenfass ihr tatsächlich antworten würde. Aber es war ja nur ein ganz gewöhnlicher Kater und sprechen können die ja eigentlich nicht.

»Wir lassen euch wohl besser allein, damit ihr euch erst einmal richtig kennenlernen könnt«, sagte Papa Leander und schloss die Tür zu Lottas Zimmer.

Lotta verbrachte den ganzen Vormittag in ihrem Zimmer und las verträumt in ihren Büchern, malte Bilder oder bürstete das Fell des Katers. Zum Mittag bekam sie von Mama Leander leckere Dampfnudeln mit cremiger Vanillesoße serviert und durfte danach sogar wieder spielen gehen. Am Abend schlemmte sie dann saftigen Gänsebraten mit Klößen und Rotkohl und fiel danach satt und zufrieden in ihr Bettchen. In Lottas Leben schien es plötzlich keine nervigen Hausarbeiten mehr zu geben, sondern nur noch gutes Essen, stets fröhliche Eltern und viel Freizeit. Und so vergingen die Tage, einer nach dem anderen. Mama Leander stand immer in der Küche und bereitete die leckersten Speisen zu, während ihr Vater immer in seinem Sessel saß und die Tageszeitung las. Lottas Aufgaben hingegen bestanden ausschließlich darin, ihren Teller leer zu essen und danach in ihrem Zimmer zu spielen.

Die ersten Wochen war es für Lotta der Himmel auf Erden, doch nach einer Weile fing sie an, sich furchtbar zu langweilen. Als sie ihre Eltern einmal fragte, ob sie denn nicht auch mal rausgehen dürfte oder die Schule besuchen müsste, lachten diese nur, drückten sie fest und fragten, was sie sich denn als nächste Mahlzeit wünschte. Lotta fand das alles so langsam ziemlich eintönig und saß antriebslos in ihrem Zimmer. Der schwarze Kater war auch keine sonderlich unterhaltsame Gesellschaft, denn er miaute nur hin und wieder vor sich hin oder tänzelte ansonsten vor der Kommode im Flur umher. Wirklichen Spaß bereitete dieses Haustier dann doch nicht. Ganz im Gegenteil: So langsam nervte sie der ständige Katzenjammer sogar.

Eines Tages wurde es ihr schließlich zu viel und sie eilte in den Flur, wo das Tier erneut vor der Kommode herumschlich und nervige Katzenlaute von sich gab.

»Wenn du nicht bald aufhörst damit, dann verspreche ich dir, dass ich dich ins Tierheim geben werde«, schimpfte Lotta und stampfte dabei mit einem Bein entschieden auf den Boden.

Gerade als sie sich wieder umdrehen und zurück in ihr Zimmer gehen wollte, bemerkte sie im Augenwinkel etwas Eigenartiges. Es war nichts Gruseliges oder Schlimmes, sondern eigentlich nur eine ganz kleine, alltägliche und unbedeutende Sache, doch Lotta wunderte sich trotzdem. Als sie sich die Kommode noch einmal genauer anschaute, bemerkte sie, dass etwas fehlte, was sich sonst eigentlich immer dort befunden hatte: Der Garderobenspiegel.

An den grauen Rändern an der Wand konnte man immer noch erahnen, dass er einmal dort gehangen haben musste. Mama Leander hatte sich oft vor dem Spiegel ihre Haare zurechtgemacht, doch nun war dieser einfach nicht mehr an seinem Platz.

Lotta fand das äußerst eigenartig und entschied, Papa Leander nach dem Verbleib des Spiegels zu fragen. Sicherlich gab es dafür eine ganz normale Erklärung. Er konnte zerbrochen sein und war deswegen zur Reparatur gebracht worden. Solche Dinge passierten eben manchmal.

Lottas Vater saß wieder an dem üblichen Platz im Wohnzimmer und war in seine Tageszeitung vertieft.

»Weiß du, was mit dem Spiegel im Flur passiert ist, Papa?«, fragte Lotta neugierig.

Papa Leander ließ langsam die Zeitung sinken. Wieder kam das breit lächelnde Gesicht dahinter zum Vorschein.

»Ich habe den Spiegel aus Versehen beim Putzen zerbrochen«, antwortete Papa Leander ruhig. »Wir brauchen ihn auch nicht mehr, kümmere dich nicht weiter darum.«

So etwas hatte sich Lotta ja selber schon gedacht und trotzdem fand sie es irgendwie seltsam. Als sie wieder in ihr Zimmer schlurfen wollte, sah sie, wie ihr schwarzer Kater auf die Schrankwand hüpfte und es sich vor dem Fernseher bequem machen wollte.

»Du bist unmöglich! Geh dort runter, das gehört sich doch nicht!«, schimpfte Lotta erneut und versuchte, ihr freches Haustier runter auf den Boden zu scheuchen. Gerade als der Kater wieder nach unten gehüpft war, fiel ihr plötzlich auf, dass sich noch etwas anderes nicht an seinem rechten Platz befand: Der Fernseher.

Da, wo sonst das Fernsehgerät stand, war nur ein großes leeres Loch in der Schrankwand zu sehen. Man hatte sich noch nicht einmal die Mühe gemacht, die zarten Staubränder wegzuputzen, die sich vormals um das Gerät herum angesammelt hatten.

»Und was ist mit dem Fernseher passiert, Papa? Ist der etwa auch kaputt gegangen?«, fragte Lotta mittlerweile etwas argwöhnisch.

»Genau«, antwortete Papa Leander erneut lächelnd. »Den brauchen wir auch nicht mehr. Kümmere dich nicht weiter darum und gehe lieber etwas Schönes spielen.«

Das Mädchen fand die Reaktion von seinem Papa reichlich merkwürdig. Er sprach fortwährend gelassen und freundlich zu Lotta und doch beunruhigte sie sein Verhalten etwas. Immerzu saß er hinter dieser Zeitung, las oder lächelte seine Tochter breit an. Und dann fiel ihr erneut etwas Seltsames auf: Die Zeitung! Immerzu las Papa Leander in der gleichen Tageszeitung. Immerzu war das gleiche Bild auf der Vorderseite zu sehen und immerzu war die gleiche Schlagzeile darüber zu lesen. Papa Leander saß reglos und stumm in seinem Sessel und starrte das Mädchen breit und dümmlich grinsend an. Langsam bekam es Lotta gehörig mit der Angst zu tun. Irgendetwas stimmte hier ganz und gar nicht!

Lotta eilte mit einem leichten Anflug von Panik in die Küche, wo Mama Leander mal wieder das Essen vorbereitete. Sie stand aufrecht am Herd und lächelte breit und ausdruckslos und dann fiel Lotta an ihrer Mutter etwas Merkwürdiges auf: Mama Leander trug nun schon seit Wochen tagein, tagaus das gleiche weiß-gelb-geblümte Kleid. Bei all der Kocherei hätte es mittlerweile fleckig wie ein alter Putzlappen sein müssen, doch stattdessen saß es immer noch makellos und sauber an ihrem Körper. Wortlos starrte Mama Leander sie mit dem gleichen unheimlichen Lächeln an, welches ihr zuvor schon an ihrem Papa aufgefallen war.

Panisch rannte Lotta aus der Küche zurück in den Flur. Ohne zu begreifen, was um sie herum genau vorging, beschlich sie das ungute Gefühl, dass sie erst einmal schnellstens von diesem Ort verschwinden musste.

Meine Eltern sind gewiss wegen des ganzen Stresses auf Arbeit verrückt geworden und ich sollte draußen jemanden um Hilfe bitten, dachte Lotta und eilte auf die Haustür zu. Sie riss beherzt am Türknauf und schwang die Tür weit auf, bereit in die sichere Freiheit zu rennen. Lotta blieb der Schrei in den Lungen stecken, als sie sah, was sich auf der anderen Seite des Türrahmens befand: Statt des gewohnten Treppenhauses, welches immer leicht nach Zitronenreiniger duftete, war dort nur eine glatte Wand aus schwarz glänzendem Stein zu sehen.

Sie war gar nicht zuhause, begriff Lotta plötzlich. Sie war die ganze Zeit immer noch in der Höhle gewesen, in der sie sich zuvor verirrt hatte. Alles um sie herum war nichts weiter als eine verdammt echt wirkende Täuschung. Ihr Zimmer, ihr Spielzeug, das viele leckere Essen - das alles war nicht real.

Und dann kam Lotta ein noch viel grausigerer Gedanke: Wenn die letzten Tage und Wochen nur eine Illusion waren, wer waren dann erst die zwei Personen, welche sich die ganze Zeit über als ihre Eltern ausgegeben hatten?

Ängstlich drehte sie sich um und stellte mit Entsetzen fest, dass ihre falschen Eltern bereits nebeneinander am anderen Ende des Flures standen und sich an den Händen hielten. Das eigenartige Lächeln war noch immer in ihre beiden Gesichter gemeißelt.

»Du wirkst verwirrt, liebes Kind«, sprachen sie gleichzeitig im Chor. »Du gehst wohl besser in dein Zimmer und ruhst dich etwas aus. Es war ein langer, anstrengender Tag.«

Lotta wollte sich nicht ausruhen und sie wollte auch nicht mehr an diesem Ort bleiben. Panisch rannte sie quer durch den Flur, stürmte in das nächstbeste Zimmer und warf eilig die Tür hinter sich ins Schloss. Ohne dass sie vorher darüber nachgedacht hatte, war sie im Schlafzimmer ihrer falschen Eltern gelandet. Sofort begriff Lotta, dass das nicht die schlechteste Idee zur Flucht war, denn das Schlafzimmer war der einzige Raum in dieser Wohnung, den man mit einem Schlüssel abschließen konnte. Erleichtert stellte sie fest, dass dieser im

Schloss steckte und drehte ihn schnell zweimal nach rechts.

Hier drin schien sie sicher zu sein - zumindest für den ersten Moment. Lotta schaute sich schnell im Zimmer um. Aus dem Fenster zu klettern brachte nichts, denn sie wohnten ja im dritten Stock. Vermutlich waren die Bäume vor dem Fenster und der Sonnenschein ohnehin nur eine optische Täuschung. Doch selbst wenn nicht: Bei einem Fall aus dieser Höhe würde sie sich mit Sicherheit sämtliche Knochen brechen.

Das große Bett stand perfekt gemacht an seinem Platz an der Wand und schien seit Wochen unbenutzt. Rechts neben dem Bett stand etwas Längliches an die Wand gelehnt. Ein weißes Laken war darüber gehangen worden und verbarg den Blick auf den Gegenstand, doch Lotta hatte schon eine Idee, worum es sich dabei handeln könnte. Eilig zog sie den weißen Stoff beiseite und darunter kam der große Spiegel aus dem Flur zum Vorschein. Er war völlig unversehrt.

Direkt daneben entdeckte Lotta den Fernseher, welcher mit einem weiteren, kleineren Laken bedeckt worden war.

»Warum nur… ?«, sagte Lotta zu sich selbst, als sie plötzlich ein Klicken hinter sich hörte. Sie drehte sie sich zur Zimmertür um und panische Angst kroch ihr langsam den Rücken hoch. Sie schien immer noch verschlossen.

Aber Moment mal: Der Schlüssel! Dieser drehte sich, wie von Geisterhand geführt, ganz von alleine langsam im Schloss nach links.

»Das darf doch nicht wahr sein…«, stöhnte das Mädchen und überlegte, wo es sich als Nächstes verstecken konnte.

Plötzlich schwang die Tür leise knarzend auf und dahinter standen sie wieder: diese eigenartigen, falschen Eltern mit ihrem gruseligen Grinsen auf den Gesichtern. Ganz langsam traten sie gleichzeitig in das Schlafzimmer und kamen auf Lotta zu. Das kleine Mädchen wich vor lauter Angst zurück und fühlte sich mit einem Male wie eine Maus in der Falle.

»Wir wollen uns nur um dich kümmern«, sagten die beiden Fremden wieder im geisterhaften Chor. »Wir müssen uns um dich kümmern. Wir brauchen dich. Du gehörst uns. Wir sind deine Eltern. Liebe Kinder hören immer auf ihre Eltern. Wir sind das, was du dir immer gewünscht hast.«

Panisch kauerte sich Lotta in die Ecke neben den Spiegel. Sie blickte hektisch um sich, doch einen Ausweg aus ihrer misslichen Lage konnte sie leider nicht entdecken.

Ihr Blick blieb plötzlich an dem Spiegel hängen und was sie darin sah, ließ ihr einen kalten Schauer über den Rücken laufen. Statt ihrer beiden Eltern erblickte sie plötzlich zwei furchtbare Gestalten, welche langsam auf sie zu schwebten. Sie waren in alten, zerfetzten Kutten gekleidet und in ihren bleichen, ausgemergelten Gesichtern saßen zwei tiefe, dunkle Augenhöhlen. Münder oder Nasen fehlten gänzlich. Einzelne Strähnen aus dünnem, weißem Haar wehten leicht um ihren Kopf herum. Aus ihren zerfledderten Ärmeln ragten lange, knöchrige Krallenhände, bereit, Lotta mit festem Griff zu packen. In dem Moment, als Lotta in dem Spiegelbild das wahre Aussehen der Wesen erkannte, begann es plötzlich dunkler in dem Schlafzimmer zu werden. Die Tapete fingen an, in langen Bahnen von der Wand zu blättern und die Möbel um sie herum zerfielen zu Wolken aus Staub. Lotta erkannte hinter der geschickten Illusion aus Behaglichkeit und duftenden Speisen genau die gleiche, alte und muffige Höhle wieder, in welche sie sich zuvor mit Tintenfass vor den Steingnomen gerettet hatte. Die beiden Wesen kamen immer noch langsam, aber beständig auf Lotta zugeschwebt, diesmal jedoch in ihrer wahren Gestalt.

»Wir sind deine Eltern«, sagten sie mit unmenschlichen, kalten Stimmen. »Und ein gutes Kind hört auf seine Eltern.«

Lotta hatte genug von diesem Unfug. Sie griff den Spiegel, der neben ihr an die schwarze Felswand gelehnt stand und hievte ihn direkt vor die beiden Gestalten.

»Ihr seid nicht meine Eltern!«, schrie Lotta mutig den beiden Wesen entgegen. »Seht doch selbst!«

Beim Anblick ihrer eigenen Spiegelbilder fingen die beiden Gestalten plötzlich bitterlich an zu kreischen, dass es Lotta durch Mark und Bein ging. In einem Wirbel aus grauem Rauch lösten sich die beiden Wesen plötzlich in Luft auf und dann es wurde wieder still um Lotta herum. Der Spiegel, den das kleine Mädchen noch mit großer Mühe in den Händen hielt, zerrann zwischen ihren Fingern, bis auch von ihm nicht mehr als ein Häufchen Staub übrig blieb.

»Gut gemacht, kleines Menschenkind«, sagte eine vertraute Stimme hinter Lotta.

Sie drehte sich schnell um und atmete erleichtert auf, als sie Tintenfass auf dem Boden sitzen sah.

»Du kannst wieder sprechen! Oh, was bin ich froh!«, stieß es aus Lotta hervor.

»Ich habe die ganze Zeit zu dir gesprochen«, sagte der Kater mit leicht vorwurfsvoller Miene. »Immerzu habe ich vergeblich versucht, dich zu warnen und dir Hinweise zu geben, dass hier wohl ein ziemlich fauler Zauber am Werke war. Aber du hattest ja nichts weiter zu tun, als dir den Bauch voll zu schlagen und dich auszuruhen.«

Lotta entschuldigte sich vielmals und erklärte Tintenfass, dass sie die ganze Zeit über immer nur Katzengejammer verstanden hatte.

»Hmmm, das wird wohl mit ein Teil der magischen Täuschung gewesen sein«, schlussfolgerte Tintenfass und wackelte nachdenklich mit den Schnurrhaaren. »Bergsirenen sind dafür bekannt, ihren Opfern ordentlich etwas vorzugaukeln, sie zu füttern und in falscher Sicherheit zu wiegen. Haben sie ihre Beute erst einmal ausreichend gemästet, fressen sie diese mit Haut und Haaren einfach auf.«

Das Mädchen schüttelte sich vor Graus bei dem Gedanken an die Fressvorlieben der Bergsirenen und war heilfroh, dass sie ihren langen, gierigen Klauen entwischen konnte.

»Wir sollten weiter… Bergsirenen sind nur schwer umzubringen und ich befürchte, du hast sie vorerst nur vertrieben«, sagte Tintenfass und tippelte eilig auf eine weitere Tür am hinteren Ende der Höhle zu. Während Lotta sich der Fantasie an ein sorgloses Leben im Schlaraffenland vollkommen hingegeben hatte, schien Tintenfass die Zeit etwas sinnvoller genutzt zu haben. Er erklärte ihr, dass sich laut Beldams Karte hinter dieser Tür mit ziemlicher Sicherheit ein weiterer Tunnel befinden musste, welcher sie ohne Umwege ins Freie auf der anderen Seite der Berge bringen würde.

Lotta atmete erleichtert auf, schnallte sich den kleinen Reiserucksack auf den Rücken und folgte Tintenfass durch die Tür hindurch in einen weiteren Gang. Dieser lief sich wesentlich entspannter, da man nicht ständig Angst haben musste, über alte

Gleisbohlen zu stolpern. Außerdem schien mit jedem gelaufenen Meter die Luft frischer und wärmer zu werden. Der Weg schien tatsächlich in die Freiheit zu führen, darin war sich Lotta mittlerweile ziemlich sicher.

Nach einigen Stunden anstrengendem Fußmarsch durch die halbdunklen Tunnel, konnten Lotta und Tintenfass in einiger Entfernung vor ihnen tatsächlich einen kleinen, hellen Lichtpunkt ausmachen.

Ein Ausgang. Endlich.

Obwohl Lottas Beine schon schmerzten vor lauter Anstrengung, legte sie noch einmal etwas an Tempo zu und rannte nun fast schon auf den immer größer werdenden, halbrunden Ausgang zu. Sie wollte diese furchtbaren Gänge und Höhlen endlich hinter sich lassen und wieder warme Sonnenstrahlen auf ihrer Haut spüren.

Man kann sich nur ansatzweise vorstellen, wie glücklich Lotta und Tintenfass gewesen sein mussten, als sie aus den Schatten der Opalberge hinaus in die wohltuende Freiheit traten und seit langer Zeit endlich wieder frische Luft einatmen durften.

Die Wüstensee

Draußen angekommen ließ sich Lotta vollkommen erschöpft und mit brennender Lunge auf den warmen Sand unter ihr fallen. Mit geschlossenen Augen atmete sie zwei, drei Mal tief durch. Sie konnte sich nicht daran erinnern, jemals so schnell gerannt zu sein. Selbst der verhasste Sportunterricht bei Fräulein Warmbier schien dagegen wie ein wahres Zuckerschlecken. Die gleißende Sonne brannte ihr unbarmherzig ins Gesicht und unweit von dort, wo sie lag, war ein gleichmäßiges Rauschen zu hören.

Wo bin ich jetzt nur wieder gelandet, fragte sich Lotta und stützte sich auf den Ellenbogen ab, um sich einen besseren Überblick zu verschaffen. Vor ihr breitete sich eine scheinbar endlose Wüste aus goldenem Sand aus. Das musste die Wüstensee sein, dachte Lotta und das wiederum bedeutete, dass sie es endlich geschafft hatten, das Opalgebirge zu überwinden. Lotta fing an, darüber vor lauter Freude laut in den Tag hinein zu lachen. Jeder, der in diesem Moment vorbeigegangen und das Mädchen laut lachend auf dem sandigen Boden sitzen gesehen hätte, wäre vermutlich aus dem Kopfschütteln nicht mehr heraus gekommen. Aber so ist das eben mitunter, wenn man sein Glück kaum fassen kann: Manchmal muss man es in die Welt hinaus schreien, um es am Ende selber überhaupt erst verstehen zu können.

Nachdem sie sich ausreichend erholt hatte, stand sie wieder auf, putzte sich den gröbsten Schmutz von der Kleidung und trat näher an den Rand der Wüste heran. Aus der Nähe betrachtet verstand Lotta plötzlich, woher die Wüstensee ihren Namen hatte und auch, was das gleichmäßige Rauschen verursachte: Kleinere und größere Wellen aus goldenem, feinem Sand türmten sich vor ihr auf und hielten so die Wüste in ständiger Bewegung. Der heiße, trockene Wind, welcher Lotta unerbittlich ins Gesicht wehte, trieb die sandigen Massen immerzu dem Rand der Wüste entgegen, ließ dort die Wellen brechen, bis diese anschließend wieder Körnchen um Körnchen sanft zurück rieselten. Es war ein fortwährendes Auf und Ab und Lotta war vollkommen fasziniert von dem Anblick, der sich vor ihren Augen bot.

»Wie kommen wir da nur durch?«, fragte Lotta seufzend.

»Wenn du nicht gerade eine gute Sandschwimmerin bist, dann würde ich an deiner Stelle keinen Fuß dort hinein setzen«, sagte Tintenfass. »Die Sandströmung ist gefährlich und noch bevor du auch nur einen Meter weit gekommen bist, wirst du vermutlich bereits tief auf dem Grund der Wüstensee liegen und jämmerlich ersticken.«

Tintenfass hatte nicht ganz unrecht: Es schien nicht ungefährlich und ohne Hilfe kamen sie offensichtlich nicht weiter. Lotta setzte sich wieder auf den Boden und dachte angestrengt nach. Dabei beobachtete sie die tosende Wüstensee vor ihr, wie sie den beiden fortwährend die Sandwellen entgegenschlug. Gerade als sie angestrengt darüber grübelte, wie sie von hier aus ihre Reise fortsetzen könnten, erkannte Lotta weiter hinten in der Wüstensee etwas Schwarzes. Es war nur für einen kurzen Augenblick zwischen den Wellen vor ihnen zu sehen gewesen und dann auch gleich wieder verschwunden. Eine kleine Weile später tauchte der schwarze Fleck erneut auf, nur diesmal ein Stückchen weiter vorne am Rand der Wüste. Etwas oder jemand schien vor ihnen auf den Wellen zu reiten, dachte Lotta. Sie beobachtete den schwarzen Fleck eine kleine Weile dabei, wie er von einer Richtung in die andere wanderte.

»Das müssen Wüstenrochen sein«, sagte Tintenfass nachdenklich. Der schwarze Kater saß kerzengerade neben Lotta und blinzelte mit seinen grünen Augen in die Ferne.

»Sie sehen wunderschön aus, wie sie durch den Sand schwimmen«, sagte Lotta fasziniert.

Die beiden saßen schweigend am Wüstenrand und beobachteten staunend das Spektakel, als plötzlich ein Rochen direkt vor ihnen auftauchte.

Lotta sprang kreischend auf und krauchte hastig ein paar Meter weg vom sandigen Ufer. Mit seinem breiten schwarzen Maul, den kleinen dunklen Augen, dem spitzen Schwanz und den sanft wedelnden Flügeln sah er aus wie etwas, dem man wohl besser nicht zu nahe kommen sollte.

»Ich denke, du brauchst keine Angst zu haben«, sagte Tintenfass, der immer noch völlig unbeeindruckt am Rand saß und den Rochen direkt ansah. »Sie sind eigentlich sehr friedliche Geschöpfe. Komm ruhig etwas näher heran, er wird dir nichts tun.«

Das Mädchen wusste nicht so recht, ob es das wollte. Vor allem nach ihren letzten Erlebnissen im Höhlenlabyrinth des Opalgebirges war ihr jegliche Lust auf unliebsame oder gar lebensgefährliche Begegnungen mit fremden und unberechenbaren Wesen gehörig vergangen. Trotz ihrer berechtigten Angst vor neuen Gefahren, siegte am Ende doch die Neugier und so fasste sie sich ein Herz und kroch vorsichtig wieder zurück an den Rand.

»Und du bist dir ganz sicher, dass uns dieser Rochen nicht nur wieder jagen und fressen will?« fragte sie immer noch ängstlich. »Er sieht ziemlich hungrig aus, wenn du mich fragst.«

Tintenfass schüttelte seinen kleinen Kopf und antwortete: »Er sieht tatsächlich aus, als ob er einen Happen vertragen könnte. Doch ich denke, wir stehen nicht auf seiner Speisenkarte.«

Lotta schaute dem Rochen nun direkt in die kleinen Augen. Aus der Nähe betrachtet hatte er plötzlich sogar fast etwas Friedliches und Gutmütiges an sich. Je länger sie den Rochen beobachtete, wie er da so vor ihr auf und ab trieb, desto weniger Angst verspürte sie. Sie griff in ihren kleinen Rucksack und holte den Proviant hervor, den sie damals von Fräulein Evandra zu ihrer Abreise bekommen hatten. Sie wickelte das kleine Paket auseinander und fand etwas helles Gebäck darin. Bei all den Stürzen und Strapazen, die sie bisher erleiden mussten, war davon allerdings nicht viel mehr zu erkennen gewesen als ein Haufen Krümel. Lotta probierte einen Bissen davon. Es duftete herrlich nach süßem Honig und schmeckte köstlich. Als er Lotta dabei beobachtete, wie sie sich einen kleinen Happen gönnte, fing der Rochen vor ihnen plötzlich an, aufgeregt mit seinen Flügeln zu schlagen.

Er schien in der Tat hungrig zu sein, dachte Lotta und warf ihm ein, zwei Krümel von dem Gebäck zu. Der riesige Fisch verschlang diese gierig mit seinem großen, breiten Maul und schien offenbar noch mehr zu wollen. Lotta krabbelte vorsichtig etwas näher an den Rochen heran und hielt zaghaft das

Päckchen mit dem Gebäck direkt vor sein Maul. Sofort verschlang dieser in zwei großen Happen den gesamten restlichen Proviant mitsamt dem Beutel, in dem er eingewickelt war. In seinen kleinen, dunklen Augen konnte Lotta plötzlich tiefe Zufriedenheit erkennen und die Flügelschläge wurden mit einem Male ruhiger und sanfter.

Lotta streckte den einen Arm aus und traute sich, den Rochen mit ihren Fingerspitzen sanft am oberen Kopf zu streicheln. Dem Fisch schien das sichtlich zu gefallen. Mit geschlossenen Augen lag er nun vollkommen entspannt im Sand und ließ sich von den Wellen tragen. Lotta lächelte entzückt bei dem Anblick und kraulte ihn nun sogar mit beiden Händen.

»Wie es scheint, hast du einen neuen Freund gefunden«, sagte Tintenfass amüsiert. »Du hast wohl ein Talent, wenn es darum geht, Sandrochen zu zähmen. Normalerweise sind das nämlich ausgesprochen scheue und schreckhafte Tiere.«

In einem kurzen Moment der Unachtsamkeit verlor Lotta plötzlich das Gleichgewicht und fiel vornüber direkt auf den Rochen zu. Vor lauter Schreck entfuhr ihr ein Kreischen.

Ich werde jämmerlich in der tosenden Wüstensee untergehen, dachte das Mädchen verzweifelt für den Bruchteil einer Sekunde.

Doch anstatt langsam im wabernden Sand zu versinken, schwamm sie ruhig auf dessen

Oberfläche. Tintenfass war ebenfalls erschrocken aufgesprungen und schaute beunruhigt mit einem angezogenen Pfötchen dabei zu, wie Lotta auf dem Rücken des Rochens zum Sitzen kam. Der große Fisch hielt das kleine Mädchen auf der Oberfläche des Sandes in Schwebe. Erleichtert, doch nicht in den Tiefen der Wüstensee ersticken zu müssen, atmete Lotta tief durch. Der Fisch trug sie weiterhin entspannt und sicher auf seinem Rücken.

»Ich glaube, ich habe eine Idee, wie wir doch noch durch die Wüstensee reisen können«, sagte Lotta, als sie sich wieder beruhigt hatte.

Tintenfass legte für einen Moment nachdenklich sein Köpfchen zur Seite.

»Das könnte funktionieren«, entgegnete er nach einer Weile und wackelte anschießend kurz zustimmend mit seinen Schnurrhaaren.

Das Menschenkind hüpfte kurzerhand vom Rochen zurück auf den festen Boden, sammelte seine Sachen zusammen und ließ den schwarzen Kater im Rucksack Platz nehmen. Dann beugte sie sich noch einmal ganz dicht zum Rochen hinunter, so dass ihre Nasenspitze beinahe das großlippige Maul des Rochens berührte.

»Könntest du uns freundlicherweise durch die Wüstensee bringen, lieber Herr Rochen?« flüsterte Lotta höflich dem großen Fisch zu.

Dieser schlug kurz mit den Flügeln und schwamm dann etwas näher an den Wüstenrand heran, so dass Lotta bequemer aufsteigen konnte. Als sie sicher auf dem Rücken des Rochen Platz genommen hatte, entfernte er sich im gemütlichen Tempo vom Ufer und schwamm mitten in die Wüstensee hinein.

Lotta ließ sich den heißen Wind durch ihre zerzausten und verstaubten Haare wehen und bestaunte die scheinbar endlose Weite um sich herum, während der Fisch in einem rhythmischen und fast schon beruhigendem Auf und Ab sanft über die Sandoberfläche glitt. Nach einer Weile zog Lotta ihr leichtes Jäckchen aus und band es sich locker um den Kopf, um sich vor der brennenden Sonne zu schützen. Immerhin reisten sie durch eine waschechte Wüste und einen Sonnenstich wollte sie nicht auch noch riskieren. In einiger Entfernung um sie herum, tauchten hin und wieder weitere Rochen aus dem Sand auf, um einen kurzen Moment später wieder in den trockenen Wellen zu verschwinden. Lotta fühlte sich trotz der Hitze und der Strapazen der vergangenen Tage plötzlich wieder frei und lebendig und genoss den Wüstenritt in vollen Zügen. Nach einer Weile fing der Schweiß an, in Strömen über das staubige Gesicht des Mädchens zu laufen.

Sie mussten schon einige Stunden über die sandigen Wellen geritten sein. Die Sonne stand nicht mehr ganz so hoch am Himmel und wanderte langsam dem vor Hitze flimmernden Horizont entgegen. In weiter Ferne konnte Lotta plötzlich einen großen, trockenen Felsen erkennen, der aus der Sandoberfläche emporragte. Anfangs war er nur als ganz kleiner Punkt in der Ferne zu sehen, wurde aber mit jedem Meter, den sie über die Wüstensee glitten, größer.

»Dort hinten ist so etwas wie eine felsige Insel«, rief Lotta Tintenfass zu, welcher immer noch im Rucksack auf ihrem Rücken hockte.

»Das muss die Insel sein, auf der Ruberio Umill haust«, antwortete Tintenfass mit gedämpfter Stimme. »Sag dem Rochen, dass wir genau dorthin müssen und er uns bitte an einer geeigneten Stelle am Ufer dieses Eilands abladen möge.«

Vorsichtig beugte sich Lotta vorne zu dem Tier hinunter und flüsterte ihm zu, dass er doch bitte auf die Insel zusteuern solle. Der große Fisch machte einen leichten Schlenker nach rechts, nahm Kurs auf und schwamm direkt auf den hohen, felsigen Berg vor ihnen zu. Eine kurze Weile später erreichten sie endlich das sandige Ufer der Insel. Lotta hüpfte behutsam vom Rücken des Rochens und bedankte sich freundlich für die Reise. Der große Fisch schlug kurz mit seinen beiden Flügeln, machte einen Schlenker und schwamm dann wieder zurück hinaus in die Weiten der Wüstensee. Lotta stand noch eine kurze Weile am Ufer und winkte dem Rochen solange zum Abschied hinterher, bis er endgültig zwischen den sandigen Wellen verschwunden war.

»Es wäre sehr freundlich, wenn du mich endlich aus diesem stickigen Rucksack befreien würdest«, hörte sie Tintenfass hinter sich protestieren.

Das Mädchen holte den völlig verdatterten Kater aus seiner Tasche und setzte ihn behutsam auf den Boden. Lotta musste ein wenig lachen, als sie sah, wie Tintenfass orientierungslos von einer Seite auf die andere taumelte. Wie es schien, war der Kater von der Reise seekrank geworden und hatte nun alle Mühe geradeaus zu laufen. Amüsiert hockte sie sich neben Tintenfass und streichelte sanft über sein verstaubtes Fell.

»Wir haben es geschafft und endlich wieder festen Boden unter den Füßen, du tapferer, kluger Kater«, sagte Lotta mit tröstender Stimme, nahm Tintenfass auf den Arm und trug ihn zu einem kleinen vertrockneten Baum, der unweit von ihnen auf dem felsigen Boden wuchs. Dort setzte sie sich zusammen mit dem Kater in den spärlichen Schatten, den seine kleinen, braunen Blätter spendeten. Nach dieser aufregenden Reise würde eine kurze Pause beiden mit Sicherheit guttun, dachte sich Lotta, lehnte sich rücklings an den knorrigen, dünnen Baumstamm und entschied, sich ein kleines Nickerchen zu gönnen.

Der einsame Kauz und sein Blechmann

»AUF-GEWACHT! SO-FORT AUF-GEWACHT!«

Mit den Armen wild um sich schlagend, schreckte Lotta aus ihrem tiefen, langen Schlaf auf, in welchen sie unter dem vertrockneten Baum liegend gefallen war. Sie musste für Stunden weggetreten sein, denn die Sonne stand schon recht tief am Horizont und badete die Umgebung in feurig goldenes Licht.

»GRUND DES BE-SUCH-ES? ER-KLÄREN!«, dröhnte eine eigenartige Stimme laut direkt vor ihr.

Lotta rieb sich die Augen und versuchte die große, breite Person zu erkennen, die vor ihr stand und der die Stimme von eben zu gehören schien. Ein breitschulteriger Mann, vollkommen in rostigem Blech gekleidet und mit allerlei kleinen Rohren, aus denen es unentwegt puffte und zischte, stand vor ihnen und schaute sie mit rot blinkenden Augen an.

»ER-KLÄREN!«, wiederholte der Mann mit monotoner Stimme und kam seltsam steif einen weiteren Schritt auf Lotta und Tintenfass zu gestapft.

An seinem Körper piepte und blinkte es unentwegt und bei all den Lichtern und Geräuschen hatte Lotta Mühe, auf die komische Frage des Mannes eine einigermaßen sinnvolle Antwort zu geben. Nach einem kurzen Moment, in dem das Mädchen stammelnd und mehr schlecht als recht versuchte, sich zu erklären, pfiff aus den beiden Rohren links und rechts an seinem Kopf weißer Dampf. Der Schädel des Fremden fing an, sich mehrmals um die eigene Achse zu drehen und Lotta bekam es wieder einmal mit der Angst zu tun. Was für ein Mann mochte das nur sein, wenn er seinen Kopf so verdrehen kann, dachte sie entsetzt und kroch dichter an den Baum heran.

»ANT-WORT UN-ZU-REICHEND!«, sagte die blecherne Stimme und hob beide Arme, an denen sich langfingrige Hände wild im Kreis drehten und auf und zu schnappten.

Lotta stieß einen kurzen Schrei aus, packte Tintenfass, steckte ihn erneut in ihren Rucksack und krabbelte flink zwischen den Beinen des fremden Blechmannes hindurch. Dann rappelte sie sich auf und rannte flink davon. Doch wo auch immer sie hinblickte, es schien weit und breit keine geeignete Möglichkeit zu geben, sich vor dem grausigen Fremden zu verstecken. Um sie herum standen nur einige verdorrte Bäume, vor ihr war der Rand der Wüste zu sehen und hinter ihr ein steiler, felsiger Berg, welcher weit nach oben ragte. Ohne weiter nachzudenken, lief sie im Zick-Zack zwischen den Bäumen hindurch, immer an der steinigen Wand entlang. Hinter ihr war ein mechanisches Stampfen, Piepen und Zischen zu hören. Lotta rannte ziellos darauf los, ohne sich umzudrehen und hoffte, schnell ein geeignetes Versteck zu finden, um dem Verfolger zu entkommen.

Wer weiß, was dieser klapperige Zeitgenosse vorhat, wenn er uns erst einmal in die Finger bekommt, dachte Lotta panisch. Nach den letzten Erlebnissen hatte sie einfach keine Lust mehr auf die ständige Angst davor, entweder gefressen, zerstückelt oder platt getreten zu werden. Das kleine Mädchen legte nochmal einen Zahn zu und rannte auf eine rettende Steintreppe zu, welche in den felsigen Berg gehauen war und steil nach oben führte.

Die Stufen waren zwar etwas kurz und Lotta hatte Mühe nicht zu stolpern, als sie hastig hinauf rannte, doch sie glaubte, den eigenartigen Blechmann endlich abgeschüttelt zu haben. Kein Piepen und Klappern war mehr hinter ihr zu hören. Vor ihr befand sich nur die Treppe, welche immer weiter nach oben führte.

Zurückzugehen war zu gefährlich, dachte Lotta und entschied sich klugerweise, den Weg weiter nach oben anzutreten. Hin und wieder drehte sie sich auf den Stufen um und genoss den imposanten Ausblick auf die frühabendliche Wüstensee unter ihr.

Doch die Faszination sollte nur von kurzer Dauer sein, denn gerade als sie die letzten Stufen vor sich erklommen hatte, musste Lotta mit Entsetzen feststellen, dass der unangenehme Blechmann bereits oben auf sie wartete.

»EIN-DRING-LINGE!« rief er, packte Lotta ohne viel Federlesens am Kragen und hob sie hoch.

Kreischend strampelte sie wie wild mit Armen und Beinen und versuchte verzweifelt, sich aus seinem erbarmungslos festen Griff zu befreien. Es war aussichtslos. Ohne eine leise Chance, die Umklammerung seiner rostigen Finger zu lösen, marschierte der seltsame Fremde nun schnurstracks auf ein Gebäude vor ihnen zu, welches aussah wie ein riesiges, halbrundes Iglu. Im Gegensatz zu denen, die man sonst im kalten Alaska finden würde, war dieses jedoch nicht aus Eisblöcken, sondern aus riesigen, halb verwitterten Steinen errichtet worden. Auf der einen Seite des Hauses ragte ein schmaler Schornstein in die Höhe, welcher dünne Rauchschwaden der Abendsonne entgegen blies. An der anderen Seite des Hauses war ein wackelig anmutender Turm zu sehen, der recht weit in den Himmel reichte.

Als der Blechmann die Tür zum Gebäude erreichte, blieb er mit einem Male plötzlich stehen und rührte sich keinen weiteren Millimeter. Etwas

Rauch pfiff noch ein letztes Mal aus den Rohren an seinem Kopf und dann verstummte der seltsame Fremde und ließ die blechernen Arme zu beiden Seiten hängen.

»Was hast du denn nun schon wieder, du verdammter Blechhaufen?«, rief eine Stimme von weiter oben. Lotta hätte gern nachgeschaut, wer da eben gerufen hatte, konnte sich aber durch den festen Griff kaum drehen.

Das Mädchen hörte, wie jemand unentwegt schimpfend den Turm hinunter gelaufen kam und dann die Tür vor ihrer Nase öffnete.

Dahinter kam ein recht kleiner Mann zum Vorschein mit weißem Bart und einem roten ausgeblichenen Hütchen auf dem Kopf. Himmelblaue Augen glotzten voller Überraschung durch viel zu dicke Brillengläser.

»Verflixt nochmal!«, sagte der alte Mann verdutzt, kratzte sich am Hinterkopf und verzog dann das Gesicht zu einer Schnute, als würde er intensiv über etwas nachdenken.

Dann holte er mit dem einen Bein aus und trat mit seinem einen spitzen Schühchen gegen den Blechmann. Dieser fing sogleich wieder an zu zischen und piepen und wies wiederholt mit seiner monotonen Blechstimme auf die beiden unangemeldeten Eindringlinge hin und das diese schleunigst in sichere Gewahrsam zu bringen seien.

»Ist ja gut, ist ja gut«, entgegnete der alte Mann ungeduldig. »Na, nun lass das Kind schon runter, du großer, dummer Blechhaufen!«

Ohne Vorwarnung lockerte der Blechriese seinen Griff und ließ Lotta unsanft auf den Boden plumpsen. Was für ein Rüpel, dachte sie sich verärgert und putzte sich erneut den Dreck von der Kleidung.

»Ihr müsst entschuldigen«, begann der alte Mann und schaute das Kind freundlich durch seine dicke Brille an »Aber der Blechmann hier hat nur versucht seine Arbeit zu machen.« Er versetzte dem rostigen Gefährten einen weiteren Fußtritt und fügte dann wütender hinzu: »Und deine Aufgabe besteht eigentlich darin, mich hier oben vor gefährlichen Eindringlingen zu beschützten und nicht kleine Kinder zu fangen und dann auch noch ständig kaputt zu gehen.«

Der Blechmann antwortete mit einem roboterhaften »ENT-SCHULDI-GUNG!« und ging dann klappernd und piepsend beiseite. Der alte Mann wandte sich wieder Lotta zu, entschuldigte sich erneut und stellte sich schließlich vor. Sein Name lautete Ruberio Umill, der Mann, wegen dem das Mädchen sich überhaupt erst auf diese aufregende Reise begeben hatte.

Lotta war überglücklich und stieß vor lauter Erleichterung sogar ein kurzes Lachen aus. Endlich hatte sie ihr Ziel erreicht und stand nun dem berühmten Erfinder gegenüber, zu dem Evandra sie gesandt hatte. Der alte Umill schaute Lotta etwas verdattert an, denn so eine Reaktion hatte er offensichtlich nicht erwartet.

Lotta bat um Entschuldigung und erklärte sich sogleich. Noch bevor sie weitere Einzelheiten ihrer Reise preisgeben konnte, bat sie der alte Mann, ins Haus zu kommen, sich drinnen fürs Erste einmal ordentlich zu setzen und eine Tasse frischen Zwirbelkraut-Tee mit ihm zu trinken. Dann könne sie ihm in Ruhe alles ganz genau erzählen.

Drinnen holte sie erst einmal den armen Tintenfass aus ihrem Rucksack; nach all den Strapazen der letzten Stunden auf dem Rücken des Sandrochen musste er mittlerweile schrecklich durchgeschwitzt sein. In der Zwischenzeit wuselte Ruberio Umill durch sein Haus, tänzelte dabei um allerlei seltsam aussehende Maschinen und Geräte herum, brachte Teekanne und Tassen und bat Lotta, sich mit ihm an einen kleinen runden Tisch zu setzen. Der Zwirbelkraut-Tee roch abscheulich und schmeckte wie lauwarmes Pfützenwasser. Lotta wollte nicht unhöflich erscheinen und nippte aus Anstand zweimal zaghaft an ihrer Tasse. Dann fing sie an, ausgiebig vom Grund ihrer Reise zu erzählen, von Evandra und ihrem Plan, Lotta dabei zu helfen, zurück nach Hause zu kommen. Ruberio Umill hörte aufmerksam zu, nickte hin und wieder leicht mit seinem Kopf oder kraulte sich den weißen Bart. Als sie endlich fertig war, lehnte sich der alte Mann auf seinem Stuhl zurück und schaute nachdenklich nach oben.

»So, so«, sagte er mit hochgezogener Augenbraue und schaute gedankenverloren in die Luft. »Ein Menschenkind hat es also tatsächlich geschafft, zwischen unseren beiden Welten zu wandern.«

Lotta hatte keine Ahnung, wovon der alte Mann dort sprach und schaute unsicher zu Tintenfass, welcher es sich auf dem Boden neben ihrem Stuhl gemütlich gemacht hatte.

»Vor vielen Jahren begann ich an meiner Welten-Theorie zu tüfteln«, sagte der alte Umill und sprang erstaunlich behände von seinem Stuhl auf, um dann in Richtung eines großen, wackeligen Bücherregals zu hasten. »Ursprünglich hatte ich vor, den Seelenstrom zu untersuchen.«

»Seelenstrom?« Lotta verstand kein Wort. Der alte Umill rieb sich seine faltigen Hände, schaute gedankenverloren nach oben und schien nach den richtigen Worten zu suchen.

»Überall und zu jeder Zeit werden wir regelrecht umflossen von den Seelen von tausenden und abertausenden Wesen«, fuhr er schließlich fort. »Im Normalfall nehmen wir dies kaum wahr. Wie auch, denn er umgibt uns wie die Luft, die wir täglich atmen. Ein geschultes Auge erkennt ihn jedoch an diesem besonderen Schimmer, der uns manchmal umgibt. Einfache Gemüter würden ihn, je nach Tages- oder Jahreszeit als Hitzeflimmer, Wetterleuchten oder Sonnenglanz an einem diesigen Herbsttag wahrnehmen, doch tatsächlich sind es die Essenzen unzähliger Lebewesen, die uns fortwährend umgeben. So weit, so gut. Doch was mich an der ganzen Sache besonders verwunderte, war die schiere Unmenge dieser Energie, welche die Luft, die uns umgibt, regelrecht überladete. Also fing ich an, die Menge der vorhandenen Seelenenergie in komplizierten Formeln zu bestimmen,«

»Wie haben Sie das denn geschafft?«, wollte Lotta wissen.

»Ganz einfach!«, entgegnete Ruberio Umill. »Jede Seele hat ein ganz bestimmtes Gewicht. Ein paar wenige Milligram nur, kaum mehr als ein halbes Staubkorn, aber immerhin. Also wog ich die Seelen, welche uns tagtäglich umgaben und stellte etwas ausgesprochen Faszinierendes fest: Die Menge an Seelenenergie, die Whandara durchflutete, befand sich in einem ausgesprochenen Unverhältnis. Es strömten einfach viel mehr Seelen umher, als Whandara Lebewesen hatte. Also stellte ich mir die einzig sinnvolle Frage: Woher kam dieser Überschuss an Energie? Es musste also ein ständiger Austausch zwischen mehreren Welten stattfinden, denn nur so konnte sich diese bemerkenswerte Auffälligkeit erklären lassen. Und so begann ich an meiner These zu arbeiten, nach der es neben Whandara noch andere Reiche geben musste, welche alle nebeneinander und zu gleicher Zeit existierten – ohne, dass wir bisher auch nur die leiseste Ahnung voneinander hatten. Auf irgendeine Weise scheinen all diese vielen Welten miteinander verbunden zu sein und Whandara war offenbar der Mittelpunkt aller – das eine Durchgangszimmer in der Mitte eines gigantischen Hauses sozusagen.«

Der alte Umill schaute Lotta und Tintenfass mit seinen wachen Augen an und hatte ein verschwörerisches Lächeln auf den Lippen. Doch dann verfinsterte sich sein Gesichtsausdruck plötzlich und er schaute bedrückt nach unten.

»Damals hatte man nur Spott und Hohn für meine wissenschaftliche Arbeit übrig gehabt«, fuhr er schließlich fort. »Einen einfältigen, alten Narr nannten sie mich, jawohl, aber denen dürfte das Lachen nun längst in ihren trockenen Hälsen steckengeblieben sein.«

Der alte Mann zog mehrere halb zerfledderte Bücher aus dem Regal. Etliche vergilbte Seiten lagen lose und recht zerknittert zwischen den Buchdeckeln und einige flatterten sogleich hinunter auf den Boden.

»Meiner Theorie zufolge müsste es noch weitere Welten geben«, sagte er zerstreut und sammelte die heruntergefallenen Buchseiten vom Boden auf. Auf vielen waren komplizierte Formeln gekritzelt worden. »Whandara scheint eine Art Nabel der Welten zu sein. Der Mittelpunkt sozusagen, um den herum unzählige andere Reiche zu existieren scheinen.«

Lotta hörte gespannt zu, konnte sich aber auf vieles, was der alte Umill von sich gab, kaum einen Reim machen.

»Nur so schien es machbar, die Wirkungsweise der Seelenkugeln zumindest im Ansatz einigermaßen plausibel zu erklären«, fügte er hinzu. »Warum sonst war es möglich gewesen, die Schicksale der Wesen unzähliger fremder Welten zu lenken? Es musste also eine Verbindung geben zwischen dieser Welt und den vielen anderen. Doch davon wollten die anderen Gelehrten im Kristallpalast nichts wissen und stempelten meine jahrelange Forschung als ausgemachten Unfug ab, bestenfalls dazu geeignet, den Kleinen als Gutenachtgeschichte vorm Zubettgehen vorgelesen zu werden.«

Der alte Umill strich sanft über den Deckel eines seiner Bücher und stieß ein trauriges Seufzen aus.

»Vermutlich kannst du dir nicht vorstellen, wie es sich anfühlt, wenn man nicht ernst genommen wird«, sagte er mit leiser und belegter Stimme. In diesem einen Punkt verstand Lotta Ruberio Umill plötzlich sehr gut, denn das taube Gefühl, nicht richtig wahrgenommen zu werden, kannte sie durchaus.

»Doch das sollte sich ändern, als ich anfing, meine bis dahin schrecklichste Erfindung zu entwerfen.«

Der alte Mann verstaute die alten Bücher wieder im Regal und schüttelte gedankenverloren mit dem Kopf. Dann schlurfte er langsam zurück zu seinem Stuhl, saß sich mit knackenden Knochen hin und trank einen Schluck Tee.

»Es ist schon eine ganze Weile her, als ich das letzte Mal Temporia-Kristall herstellen durfte«, sagte er schließlich und kraulte sich erneut den weißen Bart. »Und ich bin mir auch nicht sicher, ob es eine gute Idee ist, einen neuen Schlüssel für die Divinatio-Maschine herzustellen. Dieses Ding hat mir seit dem Tag, als ich die letzte Schraube daran festgezogen hatte, immer nur Ärger bereitet.«

»Sie haben damals die Divinatio-Maschine gebaut?«, fragte Lotta ungläubig. Wie alt mochte Ruberio Umill wohl mittlerweile sein? Sie empfand es als sehr unhöflich, den alten Mann direkt danach zu fragen, aber er musste mindestens einige hundert Jahre auf dem Buckel haben.

»Es war vermutlich das Großartigste und zugleich auch das Schrecklichste, was ich jemals erfunden habe. Eine Apparatur, welche es ermöglichte, die frei umherschwirrenden Seelen aller Wesen einzufangen, sie dann in beliebigen Bahnen zu lenken und die Welten auf diese Weise sichtbar machen zu können, aus denen sie stammten«, sagte er mit bitterer

Stimme. »Ich war damals ein junger, eitler Narr und wollte um jeden Preis meine Welten-Theorie unter Beweis stellen. Mit Pauken und Trompeten sollte ich als größter Erfinder in die Geschichte dieses Königreiches eingehen und endlich den leidlichen Ruf eines verrückten Spinners hinter mich lassen. Nun, ich befürchte, das ist mir wohl auch gelungen, aber leider nicht ganz auf die Art und Weise, wie ich es mir erhofft hatte. Dieses Ding hat lange Zeit nur Angst und Schrecken verbreitet und ich verstehe nicht, warum ich diesen Fehler noch einmal machen sollte.«

Lotta hatte plötzlich einen bitteren Kloß im Hals. Der alte Umill war ihre einzige Hoffnung wieder nach Hause zu gelangen und nun sah es so aus, als ob sie diese Hoffnung ein für alle Mal im staubigen Sand begraben konnte. Zwar verstand Lotta seine Sorge, gleichzeitig aber wünschte sie sich im Moment nichts sehnlicher, als endlich wieder in ihrem vertrauten Bett daheim in der Wohnung ihrer Eltern aufzuwachen. Das kleine Mädchen musste sich fürchterlich anstrengen, bittere Tränen der Verzweiflung zu unterdrücken.

»Als Königin Palanca damals den Thron bestiegen hatte, suchte sie mich persönlich auf und bat mich, ihr dabei zu helfen, diesem Schrecken ein für alle Mal ein Ende zu bereiten. Vermutlich war sie das Beste, was dieses machthungrige Pack jemals hervorgebracht hatte«, fuhr er fort. »Die Divinatio-

Maschine einfach zu zerstören, wäre undenkbar gewesen, denn dafür war das Höllenwerkzeug einfach zu stark mit dem Schicksalsfluss verbunden. Nicht auszudenken, wie viele Wesen dabei endgültig vernichtet worden wären. Die Zerstörung des Schlüssels hingegen schien die einzig vernünftige Lösung zu sein. Danach schwor ich, bei allem was mir heilig war, mich nie wieder mit dieser Maschine abzugeben – geschweige denn, jemanden dabei zu helfen, sie wieder zum Laufen zu bringen.«

Ruberio Umill goss sich erneut etwas von dem stinkenden Tee ein. Lottas erste Tasse stand immer noch fast voll vor ihr. Plötzlich machte Tintenfass einen Satz auf den Tisch, setzte sich neben die Teekanne und richtete die grünen Augen auf den alten Mann.

»Verzeihen Sie, dass ich Ihnen ins Wort falle, aber ich möchte mich zuerst einmal für Ihre offene und warme Gastfreundschaft bedanken«, sagte der Kater mit unerwartet höflicher Stimme. »Bei allem, was mir bisher zu Ohren gekommen ist, kann ich Eure Angst und Sorge sehr gut nachvollziehen. Ich hätte da aber noch ein paar Fragen zu Ihrer Geschichte von eben. Wie Ihr bereits berichtet habt, war es Königin Palanca, die euch bat, die Maschine zu vernichten. Dies schien offensichtlich aus mehreren Gründen nicht möglich zu sein und so habt Ihr Euch dazu entschieden, lediglich die

Bedienung dieser teuflischen Apparatur unmöglich zu machen. Ich hoffe, ich habe das soweit alles richtig zusammengefasst.«

Der alte Umill dachte kurz nach und nickte dann zustimmend.

»Welchen Eindruck hattet Ihr von Königin Palanca erhalten, als sie zu Euch sprach?«, fragte Tintenfass mit leicht zusammengekniffenen Augen.

Umill schien etwas verwundert über diese Frage, räusperte sich kurz und antwortete dann: »Nun, ich habe sie als eine gütige und weise Frau erlebt, die sich nichts sehnlicher wünschte, als Ruhe und Frieden in ihrem Reich aufrecht zu erhalten. Wie gesagt: Sie scheint wohl bislang das Beste zu sein, was den Thron jemals bestiegen hat.«

Tintenfass nickte kurz und schnurrte zufrieden.

»Und nun kommt ein kleines Mädchen daher, kaum älter als zwölf Jahre alt, und verirrt sich in dieses für sie vollkommen fremde Land«, erklärte Tintenfass. »Sie hatte das große Glück eine Audienz im Kristallpalast zu bekommen, was, wie Ihr sicherlich wisst, nicht sehr einfach ist. Ihr habt Königin Palanca als eine gütige Herrscherin beschrieben und genau diese Güte war es, welche das kleine Mädchen hier zu dieser durchaus riskanten Reise ermutigte.«

Der alte Mann schaute den Kater mit vollkommener Verwirrung an. Noch konnte er sich offenbar keinen Reim darauf machen, worauf

Tintenfass hinaus wollte und selbst Lotta hatte keinen blassen Schimmer und saß mit ratloser Miene auf ihrem Stuhl.

»Das Kind ist verängstigt und will zurück nach Hause«, fuhr Tintenfass fort. »Im Kristallpalast wurden ihr Mitgefühl und Hoffnung mit auf die Reise gegeben. Eine Reise, die übrigens einige Gefahren mit sich brachte. Und so wie Ihr Königin Palanca kennengelernt und beschrieben habt, würde sie es niemals zulassen, dass diese Maschine jemals wieder Angst und Unheil verbreiten könne. Meint Ihr also nicht, es wäre mehr als nobel, einem Kind im Auftrag des Kristallpalastes dabei zu helfen, wieder in seine Welt zu gelangen, zumal die Königin den Schlüssel danach ohnehin wieder vernichten würde? Denn wie bereits gesagt: Nichts läge Palanca ferner, als das Unheil vergangener Tage erneut aufleben zu lassen. Darüber hinaus wäre es auch für Sie ein Zugewinn in gleich doppelter Hinsicht: Sie würden einerseits allein durch die Anwesenheit dieses Kindes Ihre Welten-Theorie endgültig bestätigt wissen – etwas das sie schon seit geraumer Zeit zu beweisen wünschen und zu dem sie damals bereit waren, große Risiken fürchterlichen Ausmaßes einzugehen. Darüber hinaus wäre dies auch eine Möglichkeit, Ihr nagendes Gewissen endlich zu erleichtern und die Fehler aus vergangenen Tagen zumindest in Teilen wieder gut zu machen.«

Nun begriff auch Lotta endlich, was Tintenfass die ganze Zeit versuchte, dem alten Umill zu erklären. Was für ein kluger und wortgewandter Kater er doch war!

Ruberio Umill schien angestrengt über die Worte des Tieres nachzudenken. Er rieb sich den Bart eine ganze Weile und schaute gedankenverloren in die Luft, bevor er sich seufzend wieder nach vorn lehnte und Lotta direkt in die Augen sah.

»Ich werde darüber wohl eine Nacht schlafen müssen«, sagte er schließlich. »Nehmen wir mal an, ich würde euch helfen und tatsächlich diesen verdammten Schlüssel noch einmal für euch schmieden, dann müsst ihr mir bei allem, was euch heilig ist, versprechen, ihn anschließend wieder zu vernichten.«

Die kleine Lotta fasste sich erleichtert ans Herz und nickte eifrig.

»Dann ist es wohl jetzt an der Zeit ins Bett zu gehen«, fuhr Ruberio Umill fort. »Mir steht eine lange Nacht bevor, in der ich mir alles noch einmal gut durch den Kopf gehen lassen muss. Ihr findet einen Schlafplatz hinten neben der Spüle. Es ist sicherlich nicht das bequemste Bett, aber fürs Erste dürfte es wohl reichen.«

Mit diesen Worten stand der alte Mann langsam und mit knackenden Knochen vom Tisch auf und schlurfte davon. Lotta und Tintenfass versuchten, es sich auf einem Heuhaufen, auf dem ein altes Bettlaken gelegt war, bequem zu machen. Obwohl es überall zwackte und zwickte, fiel Lotta vor lauter Erschöpfung schnell in einen tiefen, traumlosen Schlaf. Sie bekam gar nicht mehr mit, dass Tintenfass noch eine ganze Weile auf dem Fensterbrett saß und gedankenverloren in die sternhelle Nacht blickte, bevor auch er sich irgendwann an Lottas Beinen zusammenrollte und einschlief.

Der Kristallschlüssel

Ein lautes Klirren und Klappern riss Lotta plötzlich unsanft aus dem Schlaf.

Ruberio Umill stand neben ihrem Bett an der Spüle und bereitete sich soeben mit großem Eifer eine morgendliche Kanne Zwirbelwurzel-Tee zu.

»Oh, sehr gut. Ihr seid endlich wach«, sagte der alte Mann und trug dann die Kanne zusammen mit einem Teller voller Marmeladenbrote an den kleinen Tisch, an dem sie gestern bereits gesessen hatten.

»Es wird Zeit aufzustehen und etwas Ordentliches zu essen«, sagte er. »Wir haben heute einen langen Tag vor uns und sollten uns daher gut stärken.«

Lotta sprang von dem Heuhaufen auf und zog sich etwas Stroh aus den struppigen Haaren.

»Dann wollt Ihr mir also helfen und einen neuen Kristallschlüssel schmieden?«, fragte Lotta hoffnungsvoll.

Der alte Umill nickte mild lächelnd und reichte ihr den Teller mit den Broten. Tintenfass bekam eine große Schale mit süßer Sahne hingestellt, aus der er schmatzend trank.

»Ich werde euch helfen«, meinte Ruberio Umill plötzlich. »Aber wir müssen gemeinsam hart daran arbeiten. Eure Aufgabe wird es sein, mir eine Ladung Temporia-Sand aus der Wüstensee unten am Fuße des Berges zu besorgen. Und dabei bloß nicht geizig sein, denn wie ihr gesehen habt, gibt es davon um uns herum ja eine ganze Menge. In der Zwischenzeit werde ich hier oben alles vorbereiten. Wenn wir Glück haben, müsste der neue Schlüssel heute Abend fertig sein.«

Lotta schlang aufgeregt zwei Brote hinunter, wusch sich danach das Gesicht mit kaltem Wasser und schnürte sich die Schuhe. Gestärkt und einigermaßen erfrischt schnappte sie sich ein kleines Eimerchen und machte sich dann zusammen mit Tintenfass auf den Weg. Draußen vor dem Gebäude stand der große Blechmann und wartete regungslos in der morgendlichen Sonne. Als Lotta und Tintenfass näher kamen, fing er erneut an zu blinken und Rauch pfiff aus seinen Rohren an Kopf und Brust.

»Ich habe dem Blechmann den Auftrag gegeben, euch bei eurer Aufgabe zu unterstützen«, rief Ruberio Umill ihnen aus dem Küchenfenster zu. »Er wird auf eure Befehle hören, also gebt der Klapperkiste Bescheid, wenn ihr seine Hilfe benötigt.«

Der alte Mann verschwand wieder im Schatten seines Hauses. Von drinnen waren plötzlich

Geräusche zu hören, die an Werkzeug erinnerten, welches gegen Rohre und Kessel geschlagen wurde.

Lotta, Tintenfass und der Blechmann machten sich auf den Weg zur Treppe und marschierten runter zum Rand der Wüstensee. Unten angekommen nahm Lotta das Eimerchen und kroch ganz vorsichtig auf allen vieren an den Rand der Wüste. Immerzu spülten staubige Wellen ihr feinen Sand entgegen, welcher dann sofort wieder zurück in die Wüstensee rieselte. Lotta entdeckte ein kleines verdorrtes Bäumchen direkt neben sich und entschied, dass es wohl klüger wäre, sich daran festzuhalten.

Sie griff mit der einen Hand den dürren Stamm und ließ mit der anderen Hand den Eimer in den wogenden Sand gleiten. Sofort füllte er sich mit unzähligen staubfeinen Körnern und nahm schnell an Gewicht zu. Die Wellen zogen heftig an dem Eimer, welcher mittlerweile vollkommen in der Wüstensee versunken war. Das Mädchen hatte einige Mühe den sandschweren Behälter wieder an die Oberfläche zu holen und versuchte, sich am Baumstamm zurück ans Ufer zu ziehen.

Plötzlich hörte sie ein lautes Knacken.

Der dürre Stamm war bei all dem Gezerre in Lottas Hand zerbrochen und bot nun keinen Halt mehr. Die Sandwellen zogen erbarmungslos an ihrer anderen Hand, welche noch den Eimer hielt, und ließen sie immer näher an den Wüstenrand rutschen. Ohne Vorwarnung wurde sie plötzlich von einer weiteren Welle erwischt und blitzschnell mit dem ganzen Körper in die Wüstensee gerissen. Panisch kreischend versuchte sie, sich an der Oberfläche zu halten. Ohne weiter darüber nachzudenken, begann sie mit ihren Armen zu rudern und konnte auf diese Weise den Kopf zumindest für einen Moment oben halten. Zu Lottas Überraschung schien es tatsächlich zu funktionieren und sie war für eine Sekunde heilfroh darüber, dass ihre Eltern sie bereits seit der ersten Klasse jede Woche in einen Schwimmkurs schickten.

Wenn nur nicht der Eimer wäre: Dieser zog nämlich weiterhin erbarmungslos an ihrem einen Arm und sie drohte langsam immer weiter auf die Wüstensee hinaus zu treiben.

»Helft mir!« rief sie verzweifelt Tintenfass und dem Blechmann entgegen.

Der Roboter setzte sich sofort pfeifend und klappernd in Bewegung und kam auf Lotta zu gehastet. Zuerst versuchte er, ihren Arm zu greifen und sie so wieder an Land zu ziehen. Doch das Mädchen war schon zu weit nach draußen getrieben worden.

»Ich komme nicht ran!« schrie Lotta und sank immer weiter nach unten. Ihr Kopf war mittlerweile schon bis zu den Ohren im Sand verschwunden. »Bitte! Du musst mir irgendwie anders helfen!«

Der Blechmann richtete sich wieder auf und setzte sich dann erneut in Bewegung. Diesmal lief er direkt in die tosende Wüstensee hinein und versuchte, noch näher an das ängstliche Kind zu gelangen. Von Lotta war fast nur noch die Nase zu sehen; der feine Sand fing bereits an, in ihren Mund zu rieseln und sie hustete und spuckte wie verrückt um sich. Der Blechmann ging langsam weiter auf Lotta zu. Wie ein plumper Stein sank er mit jedem Schritt immer tiefer in den tosenden Sand ein. Einen kurzen Moment später waren beide vollkommen unter den Sandwellen begraben.

»NEIN!« rief Tintenfass und rannte panisch an den Rand der Wüste.

Entlang der tosenden Wellen ging er unentwegt nervös auf und ab, blieb immer wieder an der Stelle stehen, an der Lotta in den Sand gefallen war und suchte nach irgendeinem Lebenszeichen von ihr. Doch da war nichts außer Dreck und Staub.

Plötzlich schoss der rostige Arm des Blechmannes nach oben und krallte sich am festen Boden der Insel fest. Tintenfass erschrak darüber so sehr, dass er wild fauchend aufsprang und ein Stück vom Ufer wegrannte. Einen kurzen Moment später war auch der andere Arm zu sehen. Mühsam begann der Blechmann, seinen klobigen Körper Stück für Stück aus der tosenden Wüstensee zu zerren. Die Gelenke gaben dabei ein angestrengtes surrendes Geräusch von sich. Lotta hing wie durch ein

Wunder festgeklammert auf dem Rücken des Roboters und ließ sich dann heftig hustend auf den Boden rollen. In der einen Hand hielt sie glücklicherweise immer noch den kleinen Eimer, der nun bis zum Rand mit feinem, goldenen Sand gefüllt war.

Nach einer kleinen Weile der Erholung rappelte sie sich wieder auf und torkelte völlig verstaubt und immer noch hustend und spuckend auf Tintenfass zu.

»Den Sand hätten wir«, keuchte sie. »Lass uns endlich wieder hoch gehen. Ich habe erst einmal genug von dieser blöden Wüste.«

Gerade als sie wieder auf die Treppe zugehen wollten, bemerkte Lotta, dass der Blechmann ihnen gar nicht folgte. Als sie sich nach ihm umdrehte, sah sie, dass dieser immer noch regungslos am Wüstenrand lag. Etwas besorgt eilte sie zurück zu dem großen Roboter und befahl ihm aufzustehen und mit ihnen wieder hoch zum Haus von Ruberio Umill zu gehen. Der Blechmann gab nur ein trauriges Piepen und Zischen von sich und rührte sich ansonsten keinen Zentimeter.

»Er scheint etwas viel Sand ins Getriebe bekommen zu haben«, sagte Tintenfass leise. »Ich glaube, wir können im Moment nichts mehr für ihn tun.«

Eine kleine Träne der Trauer rann Lottas Wange hinunter, als sie sich zu dem Blechmann hinunterbeugte und ihn fest umarmte.

»Danke«, flüsterte sie ihm zu und machte sich dann mit Tintenfass wieder auf dem Weg nach oben. Ab und an drehte sie sich zu dem immer kleiner werdenden Blechhaufen hinter ihnen um. Die Selbstlosigkeit, mit welcher der Blechmann sein eigenes Leben aufgab, um das ihre zu retten, ließ in ihrem Hals vor lauter Gewissensbissen einen bitteren Kloß wachsen.

Ohne viele Worte miteinander zu reden, liefen sie völlig erledigt die Treppe hinauf. Sie hatten schon fast den halben Weg zurückgelegt, als Lotta plötzlich bemerkte, dass der Eimer in ihrer Hand seltsam leicht geworden war. Mit Entsetzten stellte sie fest, dass dieser nur noch zur Hälfte gefüllt war. Hinter ihr war eine feine Spur aus goldgelbem Sand zu sehen, welche die Treppe nach unten in die Richtung führte, aus der sie eben gekommen waren. Der Eimer musste wohl ein Loch haben, stellte Lotta fest und versuchte, ihn panisch mit ihren Händen abzudichten.

»Das wird nicht viel bringen.«, sagte Tintenfass. »Temporia-Sand ist so fein, dass er problemlos selbst durch die kleinsten Ritzen rinnt. Wir sollten uns beeilen, bevor auch noch der Rest verloren geht.«

Trotz der fast unerträglichen Hitze sprinteten sie den Rest des Weges die steile Treppe hinauf, bis sie schließlich japsend und klitschnass oben ankamen. Mittlerweile war nur noch der Boden des Eimerchens mit Sand bedeckt und Lotta rannte die letzten Meter auf Ruberio Umills Haus zu. Der alte Mann wartete bereits an der Tür und schaute etwas verwundert, als er das völlig verdreckte, schweißnasse Mädchen sah, welches den kleinen Eimer mit beiden Armen fest umklammernd auf ihn zugeeilt kam. Als sie vor dem alten Umill zum Stehen kam, brach sie völlig aufgelöst in Tränen aus und erzählte ihm schluchzend, was unten am Fuße des Berges passiert war. Sie berichtete ihm von dem Blechmann und auch, dass er sie vor dem sicheren Ersticken gerettet hatte.

»Ich fürchte, es war alles umsonst, denn wir haben fast keinen Sand mehr im Eimer übrig«, jammerte sie.

»Zeig mal her«, sagte Ruberio Umill und langte nach dem Eimer, den Lotta nur widerwillig aus ihrer festen Umklammerung freigeben wollte. »Ach du meine Güte! Da habt ihr aber eine ordentliche Menge mitgebracht. Aus so viel Sand könnte ich locker drei Schlüssel schmieden. Als ich sagte, dass ihr nicht geizen sollt, meinte ich nicht, dass ihr gleich die halbe Wüste mit anschleppen müsst.«

Lotta blickte dem alten Mann völlig verdutzt entgegen. In dem Eimer befand sich höchstens eine halbe Hand voll Sand und sie war sich bis eben sicher gewesen, dass diese Menge nicht einmal für eine kleine Kristallperle reichen würde.

»Na, nun wachst doch hier nicht fest«, drängte Ruberio Umill und schob Lotta ins Haus. »Es ist soweit alles vorbereitet und wir sollten nun endlich mit dem Schmieden anfangen!«

Der alte Mann nahm den Eimer und ging damit zu einer großen kugelrunden Maschine, an der eine Holzleiter lehnte. Das ganze Gebilde dampfte und zischte unentwegt und sah auf den ersten Blick aus wie ein großer, altmodischer Dampfkessel. Der alte Umill kletterte eilig die Leiter hinauf und öffnete oben einen kleinen Trichter, in welchen er eine winzige Menge von dem Temporia-Sand rieseln lies.

»So, das sollte reichen«, sagte er zufrieden, schraubte schnell den Trichter zu und kam wieder hinunter geklettert, um dann eifrig an einigen Rädchen und Ventilen zu schrauben und zu drehen.

Nachdem alles richtig eingestellt war, gesellte er sich zu Lotta und Tintenfass, die immer noch ganz verdreckt in der Ecke hockten.

»Ihr beide geht euch jetzt erst einmal gründlich waschen. Euch kann man ja kaum ansehen, so schmutzig wie ihr seid«, sagte er kopfschüttelnd. »Die Maschine hier macht den Rest. Sobald ich alles richtig eingestellt habe, sollte es nicht allzu lange dauern, bis der Schlüssel fertig ist.«

Im hinteren Teil des Hauses hatte der Erfinder den beiden eine verbeulte Zinnwanne, gefüllt mit sauberem und erfrischendem Wasser, bereitgestellt. Lotta genoss jede Sekunde in dem kühlen Nass und schrubbte sich den goldgelben Staub von der Haut. Nachdem sie wieder aus der Wanne gestiegen war, sprang sogar Tintenfass noch einmal kurz hinein und wusch sich sein Fell sauber. Nach all den Strapazen fühlte sich das Mädchen endlich wieder wohl in seiner Haut. Es setzte sich mit müden Knochen aber auch zufrieden an den kleinen Tisch, aß ein weiteres Marmeladenbrot und beobachtete den alten Umill bei seiner Arbeit.

Die Sonne war schon fast untergegangen und Lottas Augen fingen langsam an zuzufallen. Nur mit Mühe konnte sie sich noch aufrecht auf ihrem Stuhl halten und hätte sich am liebsten schon fast auf das Strohbett gelegt, als der alte Mann plötzlich mit einem lauten Freudenschrei in die Luft sprang.

»Es ist gleich soweit!«, rief er Lotta zu, die nun wieder hellwach und kerzengerade am Tisch saß.

Das Mädchen sprang auf und eilte zur großen Maschine, welche immer noch wie wild dampfte und schnaufte. Die Apparatur gab ein langes Zischen von sich, als würde sie ein letztes Mal ordentlich ausatmen und dann stand sie einfach nur noch vollkommen regungslos an ihrem Platz. Ruberio Umill zog sich einen dicken Handschuh an und öffnete eine kleine Luke auf der vorderen Seite des Gerätes.

»Wunderbar! Es hat funktioniert!«, sagte der alte Mann zufrieden als er einen durchsichtigen, großen Schlüssel aus reinstem Kristall aus dem dampfenden Bauch der Maschine zog. Er war ungefähr so lang wie Lottas Unterarm und funkelte herrlich im Licht der untergehenden Sonne, welches durch das Fenster schien.

Voller Stolz legte der Erfinder den Schlüssel behutsam auf eine große Werkbank und erklärte, dass dieser noch für ein paar Stunden abkühlen müsse, bevor er sich mit bloßen Händen anfassen ließe.

»Wir sollten die Zeit nutzen, um noch einmal ordentlich zu essen und uns auszuruhen«, sagte der alte Umill. »Morgen früh überlegen wir uns dann in aller Ruhe, wie wir euch beide auf schnellstem Wege wieder zurück zum Kristallpalast bringen.«

Lotta konnte es kaum glauben. Herrlich schimmernd und funkelnd lag der Kristallschlüssel vor ihren Augen und ließ sie dabei fast vergessen, welche gefährlichen Abenteuer sie meistern musste, um ihn am Ende doch bewundern zu dürfen. Wenn ihr in diesem Moment ein passendes Wort eingefallen wäre, um ihre unendliche Freude auszudrücken, sie hätte es am liebsten aus voller Kehle aus dem Fenster hinaus der untergehenden Abendsonne entgegengerufen.

Die fliegende Berta

Die Sonne war noch nicht richtig aufgegangen, da herrschte schon reges Treiben im Hause des alten Umill. Lotta klopfte ihre staubigen Sachen mit einer Rute aus halb zerfledderten Reisig ordentlich aus und packte ihr bescheidenes Hab und Gut in ihren Rucksack, während der alte Mann Proviant und Decken zusammensuchte. Tintenfass hingegen saß entspannt auf dem Fensterbrett und putzte sich – wie Katzen das eben so handhaben, während andere arbeiten.

Nachdem alles sortiert und ordentlich zu festen Paketen geschnürt worden war, gingen sie auf die Hinterseite des Hauses, wo Ruberio Umill mit stolzer Brust eine weitere seiner aufregenden Erfindungen präsentierte.

»Darf ich vorstellen: die fliegende Berta«, sagte er und zeigte auf eine Art riesiges Holzboot auf Rädern. In der Mitte ragte ein Mast empor, an dem drei große Segel befestigt waren. Der Stoff dieser war an einigen Stellen mit bunten Flicken verziert, schien aber ansonsten unversehrt zu sein. Rechts und links am Boot ragten zwei große Flügel hervor und gaben dem Gefährt das Aussehen eines plumpen Vogels.

»Seit Jahren tüftle ich schon an dem guten Stück und nun ist es endlich an der Zeit für einen Jungfernflug«, sagte der alte Umill freudig erregt.

»Sie sind also noch niemals mit der fliegenden Berta geflogen und wissen auch gar nicht, ob sich das Ding überhaupt in der Luft halten wird?«, fragte Tintenfass skeptisch.

Ruberio Umill schüttelte mit dem Kopf und winkte die durchaus berechtigte Frage mit der Hand als Unfug beiseite.

»Die Berechnungen müssten alle stimmen und bislang hat doch alles, was ich jemals zusammengebaut habe, wunderbar funktioniert«, protestierte der alte Mann und schien sogar etwas beleidigt zu sein.

Lotta musste sogleich an den Blechmann denken, der manchmal einfach stehenblieb und sich dann erst mit einem beherzten Fußtritt wieder in Bewegung setzte. Etwas mulmig war ihr also schon zumute bei dem Gedanken, mit diesem Gefährt in die Lüfte steigen zu müssen.

»Außerdem werde ich ja mit an Board sein und alles genauestens überwachen«, versuchte Ruberio Umill seine beiden Fluggäste zu beruhigen. »Es kann also eigentlich nichts passieren.«

Lotta war etwas verwundert und fragte ihn, ob der denn diese weite Reise wirklich auf sich nehmen möchte. Ruberio Umill reagierte etwas verwundert auf die Frage, die Lotta eben gestellt hatte und begann, die ersten Reisepakete in die fliegende Berta zu werfen.

»Ich habe lange genug allein hier auf meinem staubigen, einsamen Berg gelebt«, sagte er, während er sich noch hastig zwei kleine kugelrunde Glasfläschchen gefüllt mit einer silbrig glänzenden Flüssigkeit in die Jackentasche stopfte. »In all den Jahren bestand meine einzige Gesellschaft nur aus einem rostigen, dummen Blechmann, der nun obendrein wirklich zu nichts mehr zu gebrauchen ist. Es ist wohl an der Zeit, endlich mal wieder auf Reisen zu gehen, die Welt neu zu entdecken und an meinen Forschungen weiterzuarbeiten. Hier hält mich nichts mehr.«

Nachdem alles ordentlich verstaut und befestigt worden war, hüpften Lotta, der alte Umill und Tintenfass in die fliegende Berta und waren bereit, den letzten Abschnitt dieser aufregenden Reise anzutreten. Der Kristallschlüssel lag sicher in einer kleinen Kiste verstaut, welche in der Mitte des fliegenden Bootes mit dicken Seilen festgezurrt worden war.

»Auf gehts!«, rief Ruberio Umill und kippte einen großen Hebel nach vorne. Ein leises »Klonk« verriet, dass sich soeben die Bremsen gelöst hatten, woraufhin sich das ulkige Boot langsam rollend in

Bewegung setzte. Sie fuhren anfangs noch gemächlich einen leichten Hang hinunter, welcher am Ende auf eine lange, hölzerne Schanze zuführte. Mit jedem Meter wurde die fliegende Berta schneller, bis sie schließlich wild klappernd den Abhang hinunter raste.

Lotta saß mit weit aufgerissenen Augen auf ihrem Platz und krallte sich voller Angst an den straffen Seilen eines der Reisepakete fest. Es quietschte und rumpelte unter ihnen, als das Gefährt einen leichten Satz machte und dann auf den klappernden Holzbrettern der Schanze direkt auf den Abgrund zusteuerte. Als die fliegende Berta am Ende über das letzte Holzbrett hinausschoss, machte sie einen gefährlichen Satz in die Tiefe, so dass Lottas Herz fast bis zum Hals zu hüpfen schien. Wie eine bleierne Ente stürzte sie nach unten, direkt auf den felsigen Boden zu. Der alte Umill drehte hektisch an etlichen Rädern und Schrauben und zog dann einen anderen Hebel mit aller Kraft nach hinten, während Lotta hysterisch kreischend dem sicheren Tod entgegenblickte.

»Nun komm schon, du dummes Ding!« fluchte er verzweifelt und stemmte sich nun noch einmal mit seinem ganzen Körper gegen den Hebel.

Die Flügel rechts und links fingen plötzlich wild an zu schlagen und Lotta spürte, wie der Sturz mitten in der Luft sanft abgebremst zu werden schien. Es rauchte und zischte, knarzte und klapperte und kurz bevor die fliegende Berta fast am Boden zu zerschellen drohte, machte sie einen kräftigen Satz nach oben und gewann dann immer mehr an Höhe. Als die felsige Insel unter ihnen nur noch wie ein kleiner Steinhaufen aussah, zog der alte Umill mit aller Kraft an einem dritten Hebel. Die Flügel fingen sogleich an, sanfter und gleichmäßiger zu schlagen und das Gefährt glitt ohne Ruckeln durch die Lüfte geradewegs auf die Opalberge zu.

Erst hier oben konnte Lotta sehen, wie groß die Wüstensee tatsächlich war. Die Opalberge vor ihnen waren in weiter Ferne zu sehen, aber ansonsten befand sich um sie herum nichts als goldgelber, heller Sand, soweit das Auge reichte. In den sandigen Wellen tief unter ihnen, konnte Lotta hin und wieder Sandrochen erkennen, wie sie elegant durch die Wüste schwammen.

Sie flogen nun schon einige Stunden, ohne dass sich die Gegend bemerkenswert veränderte. Erst als die Mittagssonne direkt über ihnen stand und erbarmungslos auf sie niederbrannte, erreichten sie den Fuß der Opalberge. Schwarz glänzend und nahezu unüberwindbar ragten sie vor ihnen empor. Umill flog glücklicherweise hoch genug, um nicht an einem der schneebedeckten, scharfkantigen Gipfel zu zerschellen. Von hier oben sah es fast aus, als könne Lotta die Bergspitzen mit ihren Fingern berühren, doch dafür waren sie natürlich viel zu weit oben in der Luft. Als die schneebedeckten Berge unter ihnen langsam anfingen, orange im Abendrot zu leuchten, erreichten sie endlich die andere Seite des Gebirges. Der alte Umill fing an, etwas tiefer zu fliegen und kurze Zeit später konnte Lotta vor ihnen das Dorf der Giganten erkennen.

»Können wir dort kurz halten?«, fragte Lotta den alten Mann am Steuer. »Ich habe Bekannte dort und möchte mich vergewissern, dass es ihnen gut geht.«

Die fliegende Berta setzte zu einem sanften Landeanflug an und kam ein paar Augenblicke später in niedriger Höhe über dem Boden schwebend zum Stehen. Die Flügel schlugen nun wieder heftiger, um das Gefährt sicher in der Luft zu halten. Ruberio Umill ließ Lotta eine Strickleiter runter und sicherte sein Boot mit einem großen Anker.

Lotta kletterte flugs hinunter und eilte auf das riesige Holztor zu, vor welchem sie schon einmal gestanden hatte und befürchten musste, von einem großen, raubeinigen Giganten zertreten zu werden. Sie klopfte so fest dagegen, wie es ihre kleine Faust zuließ und wartete gespannt. Knarzend öffnete sich das riesige Tor und ein großes, zottiges Gesicht lugte hindurch.

»Bodhur!«, rief Lotta freudig, heilfroh ihren Bergführer am Ende wieder wohlauf zu sehen. »Ich dachte, du wärst für immer in den dunklen Tunneln verloren gegangen.«

Bodhur grinste breit und humpelte auf das kleine Mädchen zu. Sein linkes Bein steckte in einer Art dicken Gips und auch sonst sah der Gigant ziemlich ramponiert aus.

»Krachte mit dem Grubenwagen gegen so eine blöde Wand und brach mir dabei den Fuß«, sagte er lachend. »Musste dann einige dieser nervigen Steingnome platt machen, konnte mich aber zum Glück aus der Höhle retten. Naja, alles halb so schlimm.«

Lotta war unendlich erleichtert darüber, dass Bodhur es wieder sicher zurück ins Dorf geschafft hatte und erzählte ihm dann von ihren eigenen Abenteuern. Zum Schluss umarmte sie noch ganz fest sein gesundes Bein und bedankte sich anständig für seine Hilfe.

»Ach, nicht der Rede wert. Bist schon ziemlich zäh für so ´nen Winzling«, sagte Bodhur laut lachend und gab Lotta einen kleinen Klaps auf den Rücken. Die Geste der Freundschaftlichkeit schien etwas zu viel des Guten gewesen zu sein, denn Lottas Kinn krachte bei der Wucht des Klatschers leicht gegen Bodhurs rechte Kniescheibe.

»`Tschuldigung«, raunte der Gigant verlegen und stimmte dann laut donnernd in Lottas Gelächter ein.

Lotta verabschiedete sich mit einer weiteren Umarmung, rieb sich grinsend ihr gerötetes Kinn und stieg dann zurück zu den anderen in die fliegende Berta. Als sie wieder ihre Reisehöhe erreicht hatten und weiter Richtung Osten flogen, winkte sie noch ein letztes Mal Bodhur zum Abschied hinterher. Der Gigant stand noch eine ganze Weile vor dem Tor zu seinem Dorf und schaute dem seltsamen, fliegenden Ding hinterher, welches eine Weile später auch schon wieder in der Ferne hinter den Wolken verschwunden war.

Die Sterne glitzernden schon weit oben im Nachthimmel, als sie über die Mondstein-Steppe flogen. Lotta lehnte mit beiden Armen verschränkt auf dem seitlichen Geländer der fliegenden Berta und schaute verträumt nach unten. Whandara war fürwahr ein unglaublich großes und zugleich wundersames Reich, dachte Lotta und erinnerte sich an Evandras Worte zu Beginn ihrer abenteuerlichen Reise. Nach einer Weile glaubte sie, weit unter ihnen eine Gestalt wie aus blass-weißem Rauch stehen zu sehen, die ihnen langsam zuwinkte.

»Lebt wohl, ihr lustigen Gespenster«, sagte Lotta mehr zu sich selbst und lächelte glücklich.

Was für eine aufregende Reise das war, dachte sich Lotta und grinste in sich hinein. Gerade als sie sich zufrieden und müde auf ihrem Platz zusammenkauern wollte, bemerkte sie sonderbare Gebilde am samtschwarzen Himmel. Sie schienen wie riesige Inseln aus Felsen in weiter Ferne über ihren Köpfen zu schweben und Lotta glaubte, kleine Lichter auf einigen erkennen zu können. In dem tosenden Unwetter ihrer aufregenden Hinreise hatte sie diese vorher schlichtweg nicht bemerkt.

»Was sind das nur für seltsame Sachen dort oben?«, sagte Lotta mit zusammengekniffenen Augen, um besser in die Ferne gucken zu können.

Der alte Umill sicherte kurz das Steuerrad mit einem festen Seil, an dem ein großer, rostiger Haken geknotet worden war und kam in den hinteren Teil der fliegenden Berta getorkelt. »Das ist Volantis, der schwebende Kontinent und der Grund, warum ich dieses Fluggerät ursprünglich erbaut habe« Der Erfinder schaute verträumt in den Himmel über ihnen. »Bislang hatte es noch kein Whandarianer geschafft, dieses unerforschte Land aus der Nähe zu erkunden und es wäre vermutlich der größte Durchbruch in meinem Leben als Forscher, wenn ich es eines Tages schaffen sollte, als erster meinen Fuß darauf zu setzen«, erklärte Ruberio Umill mit einem abenteuerlichen Funkeln in seinen Augen. »Doch auf diesen Moment muss ich wohl vorerst noch für eine Weile hinarbeiten und an meinem Flugschiff tüfteln. Die fliegende Berta ist bislang nicht in der Lage, solche Höhen zu überwinden. Darüber hinaus müssen wir vohrer erst einmal schauen, wie wir dich wieder zurück in deine eigene Welt bringen können.«

Ruberio Umill gab der staunenden Lotta einen sanften Klaps auf die Schulter und taumelte dann wieder vorsichtig zwischen den Kisten entlang nach vorne, um sich dem Steuerrad zu widmen.

Was ist das nur für ein sonderbares Land, dieses Whandara, fragte sich Lotta in Gedanken, kauerte sich anschließend auf ihrem Platz zusammen und fiel in einen leichten Schlaf.

Als sie die Augen wieder aufschlug, war die Sonne bereits aufgegangen und morgendlichen Strahlen schienen auf die saftig grünen Hügel unter ihnen. Sie mussten den vergessenen Wald bereits weit hinter sich gelassen haben, dachte Lotta und ging nach vorne zum alte Umill, der wieder an irgendwelchen Rädchen herumspielte.

»Ah, du bist erwacht. Wir sind fast da«, sagte er fröhlich und zeigte mit seiner Hand auf einen glitzernden Punkt in nicht allzu weiter Ferne vor ihnen.

Der Kristallpalast.

Das kleine Mädchen fiel dem alten Mann vor lauter Glück und Dankbarkeit direkt um den Hals. Ruberio Umill ermahnte sie sogleich, doch etwas vorsichtiger zu sein, denn immerhin hatte er hier alle Hände voll damit zu tun, die fliegende Berta sicher in der Luft zu halten. Lotta entschuldigte sich grinsend und entschied, dass es wohl das Vernünftigste sei, wieder hinten auf ihrem Sitz Platz zu nehmen. Tintenfass lag immer noch zusammengerollt auf dem Boden und schien vor sich hin zu dösen. Das Mädchen hatte das Gefühl vor lauter Aufregung fast zu platzen und weckte den Kater sanft streichelnd auf.

»Wir sind gleich da«, flüsterte Lotta fröhlich dem verschlafen dreinschauenden Tier zu.

Als ob er von einer Tarantel gestochen worden wäre, sprang Tintenfass plötzlich auf und eilte nach vorn, um sich selbst ein Bild davon zu machen. Nach einer kurzen Weile kam er wieder langsam mit trauriger Miene und hängendem Schwanz zurückgeschlichen. Der Kater sah mit einem Male sehr unglücklich aus und Lotta beugte sich besorgt zu ihm hinunter.

»Was hast du denn nur?«, fragte sie ihn und streichelte sanft über seinen Rücken. »Freust du dich denn nicht, dass wir endlich wieder heil und in einem Stück zurückkommen?«

Tintenfass starrte mit seinen großen, grünen Augen abwesend in die Leere und schien sogar am ganzen Körper leicht zu zittern. Dann hob er den Kopf und schaute Lotta direkt ins Gesicht.

»Ich muss dir noch etwas sagen«, begann er leise. Lotta machte sich nun wirklich große Sorgen. So niedergeschlagen hatte sie den Kater selbst in den schlimmsten Momenten ihrer gemeinsamen Reise noch nicht erlebt – und von diesen hatten sie ja bislang einige erleben dürfen.

»Es geht um –«, begann Tintenfass, wurde aber plötzlich von einem lauten Zischen und Klappern unterbrochen. Lotta konnte spüren, wie die fliegende Berta langsam an Höhe verlor.

»Alle festhalten!«, rief der alte Umill nach hinten. »Ich beginne jetzt mit dem Landeanflug auf den Kristallpalast.«

Das Gefährt machte einen leichten Schlenker nach rechts und trudelte dann sanft hinab. Die Flügel schlugen erneut hektisch auf und ab. Unten konnte Lotta den großen Balkon erkennen, von welchem sie damals mit den Wolkenpferden und ihrer Kristallkutsche abgeflogen waren. Ein kleiner, kugelrunder Mann stand unten und versuchte sie wild winkend in die richtige Position zu navigieren.

Das ist Nox, dachte Lotta und verzog bei dem Anblick des unfreundlichen Palastdieners leicht das Gesicht.

Ruberio Umill zog mit aller Kraft an zwei Hebeln gleichzeitig und ließ die Flügel noch einmal kräftig schlagen. Langsam wurde der Balkon unter ihnen immer größer, bis sie endlich mit lauten Zischen und Pfeifen sanft auf festem Boden aufsetzten.

Eine unerwartete Wendung

Sobald die fliegende Berta sicher auf dem Boden zum Stehen gekommen war, kam auch schon der kugelrunde Nox eilig auf sie zugelaufen. In seinem Gesicht war ein ernster Ausdruck der Sorge zu erkennen gewesen.

»Es ist nun wahrlich ein denkbar ungünstiger Zeitpunkt, ausgerechnet hier zu landen«, wetterte der kleine Palastdiener in gewohnt hektischer Manier.

Aus welchem Grund auch immer er so ein langes Gesicht machte, sein aufbrausendes Temperament schien es jedenfalls kein bisschen getrübt zu haben, dachte Lotta und rollte leicht mit den Augen.

»Die Königin ist ernsthaft krank und fühlt sich heute nicht und auch sonst an keinem Tag dazu in der Lage, Besuch zu empfangen«, fügte er mit aufgeblähter Brust hinzu.

»Die Königin ist krank?«, platzte es aus Lotta hervor. »Was ist denn mit ihr?«

»Woher soll ich das denn wissen? Ich bin ja schließlich kein Arzt«, plusterte sich der kleine Mann künstlich auf. »Fräulein Evandra hat sich ihrer angenommen und kümmert sich mit all ihrer Kraft darum, dass es ihr bald wieder besser geht.«

Etwas verunsichert drehte sie sich zu dem alten Umill und Tintenfass um und wusste nicht so recht, was sie in dieser Situation als Nächstes machen sollten. Wenn die Königin tatsächlich so schlimm erkrankt war, dann würde sich Fräulein Evandra sicherlich erst einmal um das Wohl ihrer Schwester kümmern wollen und hätte vermutlich ohnehin keine Zeit sich mit Lottas Problemen zu befassen.

»Nehmt den Kristallschlüssel und geht erstmal. Versucht herauszufinden, was da drinnen eigentlich los ist«, sagte Ruberio Umill. »Ich zurre in der Zwischenzeit die gute Berta hier fest, damit sie nicht wieder vom Balkon geweht wird.«

Lotta schnappte sich die kleine Kiste mit dem Kristallschlüssel und eilte dann zusammen mit dem Kater hastig an dem protestierenden Nox vorbei hinein in den Kristallpalast.

Drinnen war es ungewohnt leer und still. Niemand, nicht einmal eine Dienstmagd, war in den langen Gängen zu sehen. Ohne sich davon weiter beirren zu lassen, ging sie die Treppen hinunter und eilte auf den Thronsaal zu.

Ein empört schimpfender Nox versuchte recht erfolglos, mit ihnen Schritt zu halten und plusterte sich unentwegt über Lottas dreistes Eindringen auf.

»Die Königin erholt sich in ihren Gemächern und es ist auch niemand hier, mit dem ihr sonst noch sprechen könntet«, rief Nox ihnen hinterher. »Fräulein Evandra hat alle Bediensteten vorerst aus dem Palast verbannt, damit die Königin absolute Ruhe zur Genesung hat.«

Obwohl der Palast noch immer imposant und bezaubernd schön aussah, so hatte er mit all den verlassenden Gängen und Hallen nun auch etwas Gespenstisches an sich. Das kleine Mädchen eilte schnellen Schrittes auf die großen, hohen Türen zu, hinter denen sich der Thronsaal befand. Diese standen einen Spalt offen, gerade breit genug, dass die kleine Lotta mit ihrer Kiste durchpasste. Das Mädchen blieb vor den Türen kurz stehen und atmete tief durch. Tintenfass kam ein ganzes Stück hinter ihr mit immer noch eingezogenem Schwanz langsam auf sie zu geschlichen.

»Was bummelst du denn so?«, ermahnte ihn Lotta. »Wir müssen doch Fräulein Evandra finden.«

Der Kater schaute betreten nach unten und ihm war offensichtlich einiges daran gelegen, jeglichen Augenkontakt zu vermeiden.

Lotta seufzte kurz ratlos und schob sich anschließend mit der Kiste unter den Arm geklemmt durch die großen Türen in den Thronsaal.

Auch dieses Mal bewunderte das Mädchen staunend die große Halle mit all ihren reich verzierten Kristallwänden, ihren durchsichtig schimmernden Säulen und den vielen funkelnden Ornamenten. Doch etwas war anders. Es schien, als hätte der sonst so warm leuchtende Kristall, der sie überall umgab, etwas von seiner mystischen Kraft verloren. Stattdessen wirkte der ganze Saal nun grau und kalt.

Lotta ging langsam auf die Treppe zu, welche zum Thron hinauf führte. Jeder Schritt des Mädchens klackte zart auf dem glatten Boden. Es war niemand zu sehen.

Das Mädchen stellte die Kiste neben ihren Füßen ab und schaute sich kurz um, in der Hoffnung, doch noch irgendjemanden anzutreffen, der ihr vielleicht sagen konnte, wo Evandra oder die Königin zu finden waren.

»Der ganze Palast scheint verlassen zu sein«, sagte Lotta mit matter Stimme mehr zu sich selbst.

Hinter ihr kam Tintenfass angelaufen und setzte sich ganz dicht auf der anderen Seite neben ihrem Bein auf den Boden.

»Lotta…«, sagte er plötzlich leise. »Ich will dir noch etwas erzählen.«

Lotta war so sehr in Gedanken, dass sie den Kater im ersten Moment gar nicht richtig wahrgenommen hatte. Etwas verwundert schaute sie nach unten in zwei traurige, grüne Katzenaugen.

»Du bist wieder da!«, hallte mit einem Male eine Stimme durch den Thronsaal.

Lotta zuckte kurz erschrocken etwas zusammen und schaute flink in Richtung des Thrones hoch oben auf der Treppe, aus der die Stimme zu kommen schien.

Am Ende der Treppe war im Halbschatten eine große, schlanke Gestalt zu erkennen gewesen. Elegant stand sie gegen den Thron gelehnt, den einen Arm leicht auf dessen Lehne liegend. Fast schwebend kam die Gestalt schließlich die Treppe hinunter gelaufen und Lotta erkannte nach einem kurzen Moment der Überraschung, dass es Fräulein Evandra war.

»Du hast es tatsächlich geschafft, wieder zu uns zurück zu kommen«, sagte sie mit einem strahlenden Lächeln auf den Lippen und breitete die Arme aus, um Lotta fest zur Begrüßung zu umarmen. Sie trug auch diesmal wieder ein perfekt auf ihren schlanken Körper zugeschnittenes, langes und schneeweißes Kleid. Zarte, goldfarbene Ornamente schmückten das edle Gewand bis hinunter zur bodenlangen Schleppe. Die Haare waren kunstvoll hochgesteckt und mit unzähligen kleinen Kristallperlen besetzt.

Lotta ging schnell auf Fräulein Evandra zu und fiel ihr voller Glück und Erleichterung fest um den Hals.

»Ich dachte schon, ich würde Sie niemals mehr zu Gesicht bekommen, jetzt wo die Königin so schwer erkrankt ist«, schluchzte Lotta mit Tränen der Freude und Erleichterung in den Augen.

»Ich bin doch da, mein gutes Kind«, sagte Evandra mit sanfter, tröstender Stimme. »Der

Königin wird es bald wieder sehr viel besser gehen, da bin ich mir sicher. Sorge dich nicht weiter um sie.«

Dann beugte sie sich noch ein Stückchen tiefer hinunter zu Lotta und drückte ihre zarte Wange leicht gegen die des Mädchens.

»Und? Hast du den Kristallschlüssel bekommen?«, flüsterte sie leise in Lottas Ohr.

Diese nickte freudig strahlend und eilte zurück zur Kiste, welche immer noch ein paar Schritte hinter ihr auf dem Boden stand, wo sie diese kurz zuvor abgestellt hatte. Fräulein Evandra nahm die kleine Truhe hastig und mit einem zufriedenen Lächeln entgegen und strich sanft über den Deckel.

»Wunderbar!« rief Evandra und schaute Lotta nun direkt in die Augen. Ihr sonst so gütiges Lächeln erstarrte mit einem Male und verwandelte sich langsam zu einer kalten und abschätzigen Grimasse.

»Dann ist deine Aufgabe hiermit erfüllt, kleines Menschenkind«, sagte sie mit frostiger Stimme und schnippte kurz mit ihren Fingern.

Sofort schossen lange, spitze Stäbe aus purem Kristall aus dem Boden um sie herum nach oben und sperrten Lotta und Tintenfass in einen Käfig ein. Voller Entsetzen stieß das Mädchen einen spitzen Schrei aus und trat einen Schritt zurück.

»Hör auf damit, Evandra!«, fauchte der Kater. Sein buschiger Schwanz zeigte kerzengerade nach oben und zuckte wild.

»DU!«, entgegnete Fräulein Evandra keifend. »Du wagst es, mir Befehle zu erteilen? Nun, dann wollen wir doch mal deiner kleinen Freundin hier zeigen, mit wem sie es die ganze Zeit tatsächlich zu tun hatte.«

Sie schnippte ein weiteres Mal mit ihren Fingern. Plötzlich stieg grauer Rauch auf und hüllte Tintenfass in eine große, undurchsichtige Wolke. Lotta konnte den Kater vor Schmerzen fauchen hören. Als der Rauch verzogen war, lag an der Stelle, wo vorher Tintenfass gestanden hatte, ein blasshäutiger Junge mit glatten, schwarzen Haaren und smaragdgrünen Augen. Er wirkte etwas älter und größer als Lotta und schaute sie schwer atmend und mit schmerzverzerrtem Gesicht an.

»*Das* ist die wahre Gestalt deines ach so treuen Begleiters, mein Kind«, spottete Evandra. »Er ist nichts weiter als ein einfältiger Bauerntölpel aus einem Dorf unweit von hier, der töricht genug war, sich auf einen Handel mit mir einzulassen. Seine Aufgabe war es, mir ein Kind zu bringen, welches mir dabei helfen sollte, die Divinatio-Maschine wieder zum Laufen zu bringen. Es muss wahrlich enttäuschend für dich sein, mit ansehen zu müssen, wie am Ende jeder sein wahres Gesicht zeigt, nicht wahr?«

Evandra grinste boshaft und ein niederträchtiges Funkeln der Schadenfreude in ihren Augen verriet, dass sie diesen Moment sichtlich zu genießen schien. Lotta schüttelte langsam den Kopf und schaute ungläubig auf den fremden Jungen hinunter, der immer noch neben ihren Beinen am Boden lag.

»Es tut mir leid«, sagte der Junge mit Tränen in den Augen. »Ich wollte es dir schon eher sagen.«

Lotta schrie den Jungen wütend an, er solle sie gefälligst in Frieden lassen und versuchte, ein paar Schritte von ihm wegzutreten. Das kleine Mädchen fühlte sich von einem Moment zum nächsten verraten und vollkommen allein gelassen in dieser misslichen Lage und seine anfängliche Freude war nun endgültig bitterer Enttäuschung gewichen.

»Ach, wie rührend«, sagte Evandra und schaute voller Abscheu auf den Jungen herab. »Es wird Zeit, die Dinge endlich selbst in die Hand zu nehmen und unser Königreich wieder zu dem zu machen, was es einst war.«

Sie trat einmal kräftig mit ihrem Schuh auf den Boden, woraufhin ein langer, reich verzierter Kristallstab emporwuchs. Mit einem kräftigen Ruck brach sie ihn kurzerhand leise knackend vom gläsernen Boden ab. Anschließend schwang sie den Stab dreimal in der Luft, woraufhin auf ihrem Kopf wie aus dem Nichts eine filigrane Krone aus funkelndem Kristall wuchs.

»Dieses Land sehnt sich nach einer neuen, stärkeren Königin«, sagte sie zufrieden lächelnd und eilte dann zusammen mit der Kiste unter dem Arm in den Raum neben dem Thronsaal, in dem sich die Divinatio-Maschine befand.

Lotta konnte nicht glauben, was soeben passiert war und versuchte verzweifelt, an den Stäben ihres Kristallkäfigs zu rütteln. Sobald sie diese berührte, schoss ein stechender Schmerz durch ihre Finger. Der Kristall, der sie einschloss, war scharf wie zerbrochenes Glas und schnitt sofort blutende Wunden in Lottas Hände. Höllische Schmerzen rasten durch ihren Körper und ließen sie weinend auf dem Boden zusammenbrechen. Dann hörte sie plötzlich Schritte hinter sich.

Es war der alte Umill, der mit überraschtem Gesichtsausdruck auf die beiden Gefangenen zugelaufen kam.

»Was ist denn hier passiert?«, fragte er völlig außer Atem.

»Evandra hat uns hier eingesperrt«, sagte Lotta bitterlich schluchzend. »Und jetzt hat sie den Schlüssel an sich genommen und will damit die Divinatio-Maschine wieder anschalten.«

Ruberio Umill stampfte fluchend mit einem Bein auf den Boden.

»Ich sagte doch gleich, dass mir diese ganze Angelegenheit überhaupt nicht gefallen würde«, schimpfte er und fing an in seiner Jackentasche zu kramen. Nach kurzer, hastiger Suche holte er eines der kleinen, runden Glasfläschchen hervor. Lotta erinnerte sich, wie er sie sich kurz vor ihrer Abreise noch schnell eingesteckt hatte. Die silbrig glänzende Flüssigkeit darin wirbelte in fast schon hypnotisierender Gleichmäßigkeit umher.

»Tritt kurz beiseite und halte dir besser die Augen zu«, sagte er plötzlich und warf das kleine Fläschchen gegen den Käfig, wo es hell klirrend zerbrach. Kaum hatte der Inhalt des Fläschchens sich über den Kristall ergossen, fing dieser sofort an, zu goldgelbem Sand zu zerbröseln. Einen kurzen Moment später hatten sich einige der Kristallstäbe vollkommen aufgelöst, so dass eine kleine Öffnung entstanden war. Sie war gerade groß genug, dass Lotta hindurch schlüpfen konnte, ohne dabei Gefahr zu laufen, sich den Bauch aufzuschlitzen. Als das Mädchen endlich frei gekommen war, fragte sie den alten Umill, wie er es denn geschafft hatte, sie zu befreien.

»Sandsäure«, antwortete er knapp. »Ich hatte schon so eine Ahnung, dass irgendetwas schief gehen könnte und hatte mir eine kleine Ration davon eingepackt. Zur Sicherheit sozusagen und wie es nun den Anschein hat, lag ich mit meinen Bedenken gar nicht mal so falsch. Aber nun müssen wir los und versuchen, dieses verrückte Weib aufzuhalten, bevor es noch ganz Whandara in den Abgrund stürzt.«

Lotta und der alte Umill eilten schnell in den Raum, in welchem sich die Divinatio-Maschine befand, doch es war bereits zu spät: Evandra hatte den Schlüssel längst in das steinerne Loch an der hinteren Steinwand gesteckt und so die teuflische Apparatur in Gang gesetzt.

Über ihren Köpfen wirbelten tausende kleine Seelenkugeln umher. Die Maschine gab ein lautes Summen von sich und große und kleinere ineinander verschlungene Ringe aus filigranem Draht drehten sich immer schneller hoch über ihren Köpfen in der Mitte des Raumes. Evandra stand mit ausgebreiteten Armen vor der Maschine und schien das Schauspiel ausgiebig zu genießen. Nach einer Weile drehte sie sich zu Lotta und den alten Umill um und grinste die beiden verzückt an.

»Ihr seid zu spät, ihr Narren!«, rief sie hysterisch lachend. Einige Strähnen ihrer hochgesteckten Haare hatten sich im Wind der Maschine gelöst und hingen nun an ihrem Gesicht herunter. »So viele Seelen, so viel Macht. Alle Wesen werden vor mir niederknien und um Gnade winseln.«

»Versuche sie abzulenken!«, flüsterte ihr der alte Umill von der Seite zu und schlich dann langsam in den Schatten im hinteren Teil des Raumes.

Wie sollte sie es denn nur schaffen, diese wahnsinnige Frau abzulenken, fragte sich Lotta. In schierer Verzweiflung und wegen des lauten Getöses der Maschine, fing sie an, sich die Ohren zuzuhalten und begann plötzlich aus voller Kehle zu schreien: »Was um Himmels Willen passiert hier?«

»Es ist wunderbar, nicht wahr?«, sagte Evandra in heller Freude.

»Nein, das ist es nicht!«, rief Lotta zurück. »Du wirst vielen Wesen damit nur weh tun wollen!«

Evandra legte den Kopf zurück und lachte boshaft und aus vollem Herzen.

»Ich werde niemanden etwas zuleide tun, solange sie mir dienen und das tun, was ich von ihnen verlange«, sagte sie. »So haben es auch schon meine Vorfahren lange vor mir gehandhabt. Mit eiserner Faust haben sie dieses Land regiert und ihm zu Wohlstand verholfen. Doch meiner lieben Schwester war das alles ja viel zu grausam und sie versuchte, die Dinge auf ihre Weise zu regeln. Doch was hat es ihr gebracht? Sie wurde krank und schwach.«

Evandra schwang kurz ihrem Kristallstab in der Luft und ließ dann einige der Seelenkugeln in dem Loch in der Mitte des Raumes verschwinden. Lotta schrie vor Entsetzen, als sie mit ansehen musste, wie die boshafte Schwester der Königin kurzerhand zwei Dutzend Seelen in den sicheren Tod schickte.

»Kein Grund zur Trauer«, giftete sie abschätzig. »Das war nur unbedeutender Abschaum aus einem kleinen Ort weit weg von hier. Niemand wird sich an sie erinnern, so wertlos waren sie.«

»Das kannst du nicht machen!«, schrie Lotta. »Niemand ist unbedeutender Abschaum und du hast auch nicht das Recht, über Leben und Tod zu entscheiden.«

Evandra lachte abfällig und fauchte: »Was verstehst *du* schon von solche Dingen? Das Einzige, was dich bisher interessierte, war es, so schnell wie möglich wieder nach Hause zu deinen Eltern zu kommen.«

Die letzten Worte schossen wie ein Dolchstoß durch Lottas Herz und bitterer Zorn flammte in ihr auf. Ohne weiter darüber nachzudenken, rannte sie auf Evandra zu. Am liebsten hätte sie dieses giftige Weib ein für alle Mal in das Loch in der Mitte des Raumes geworfen.

Gerade als sie nah genug war, um Evandra einen kräftigen Schubs zu geben, packte diese Lotta mit festem Griff am Hals. Das Mädchen japste sofort nach Luft und begann, verzweifelt an Evandras Hand zu kratzen und zu kneifen.

Es half nichts: Die Finger der bösartigen Frau umklammerten Lottas Hals fest wie ein Schraubstock und sie fing bereits an, tanzende Sterne vor ihren Augen zu sehen. Lotta bekam weiche Knie und drohte fast, bewusstlos zusammenzubrechen, als das Summen um sie herum plötzlich leiser wurde. Die Seelenkugeln, die eben noch wild über Lottas Kopf umhergeflogen waren, rollten nun wieder gleichmäßig in ihren feinen Bahnen aus dünnem, glänzendem Draht.

Evandra schaute verdutzt nach oben und stieß dann einen hasserfüllten Schrei aus.

Sofort lockerte sich der Griff um Lottas Hals und sie brach auf ihren Knien am Boden zusammen. Verwirrt blickte sie auf die andere Seite des Raumes, wo der alte Umill soeben den gesamten Inhalt des zweiten Fläschchens über den Kristallschlüssel gegossen hatte. In wenigen Augenblicken war dieser zu einem nutzlosen Häufchen Sand zerfallen.

In blinder Wut ging Fräulein Evandra fauchend auf den alten Mann zu. Ihr Gesicht war zu einer hässlichen Grimasse des Zorns verzerrt, als sie den Arm hob und in der Luft einen messerscharfen Kristallspeer herbeizauberte, welchen sie einen Augenblick später mit einer kurzen Handbewegung auf den armen, wehrlosen Ruberio Umill schoss.

Lotta hielt mit weit aufgerissenen Augen den Atem an. Gerade als der Speer kurz davor war, sich mitten in die Brust des alten Mannes zu bohren, sprang plötzlich ein Schatten aus der Ecke vor ihn. Es war der Junge, der Lotta bis vor kurzem noch in der Gestalt eines Katers an der Nase herumgeführt hatte. Das Mädchen hörte einen Schrei des Schmerzes, als sich der messerscharfe Kristall in die Schulter des Jungen bohrte. Lotta hielt sich vor

Entsetzen die Hände vor den Mund und starrte mit weit aufgerissenen Augen auf den Jungen, der nun regungslos am Boden lag.

»Tja, was des Einen Glück, ist wohl des Anderen Pech«, spottete Evandra in grimmiger Enttäuschung und hob den Arm ein weiteres Mal, bereit, erneut einen ihrer tödlichen Kristallspeere herbei zu zaubern.

Lotta bemerkte plötzlich etwas Kleines, Hartes in ihrer Hand. Als sie diese öffnete und hineinschaute, erkannte sie, dass es Fräulein Evandras Fingerring war. Er musste sich von ihrer Hand gelöst haben, als sie mich an der Kehle gepackt hatte, dachte Lotta. Der Kristall des Ringes schimmerte hell in allen möglichen Farben und eine eigenartige Wärme ging von ihm aus.

Das Schmuckstück lag brennend in Lottas blutender Hand. Die Schnitte von vorhin waren tief und gemein und das Mädchen hatte große Mühe ihre zitternden Finger zu einer Faust zu ballen. Mit schmerzverzerrtem Gesicht und aus reinem Ungeschick ließ Lotta den Ring schließlich fallen. Als dieser auf den steinigen Boden aufkam, zerbrach er mit einem hellen Klirren in tausend kleine Splitter. In dem Moment als der Ring zersprang, konnte Lotta beobachten, wie sich Evandra mit einem Male stöhnend vor Schmerzen krümmte. Nach einem kurzen Blick auf ihre Hand, an deren Finger kurz vorher noch der Kristallring steckte, drehte sich die

Schwester der Königin um und hastete mit einem zornigen Funkeln in ihren Augen direkt auf Lotta zu.

»Was hast du getan, du dummes Gör?«, kreischte sie.

Evandra war keine fünf Meter mehr von Lotta entfernt, als sie mit einem Male abrupt stehen blieb. Verwundert schaute die Schwester der Königin an ihrem Bein herunter. Der eine Fuß war nun wie von Zauberhand zu Kristall erstarrt und schien fest mit dem Boden verwachsen zu sein. Gerade als Evandra den anderen Fuß nachziehen wollte, stellte sie fest, dass auch dieser sich nicht mehr bewegen ließ. Mit großem Entsetzen musste Lotta mit ansehen, wie die boshafte Schwester der Königin sich allmählich von der Schleppe ihres Kleides bis nach oben hin zu den funkelnden Spitzen ihrer Krone in puren Kristall verwandelte. Noch bevor sie einen letzten Schrei der Wut und Verzweiflung ausstoßen konnte, war Evandra komplett zu durchsichtigem Glas erstarrt, welches einen Moment später in etliche Splitter zersprang. Ein trauriger Haufen aus Kristallstaub war am Ende alles, was von Fräulein Evandra übrig blieb.

Das kleine Mädchen ließ sich erschöpft auf seine Knie fallen. Jeder Muskel in ihrem Körper schien wie Feuer zu brennen. Ihr Hals war trocken und tat immer noch weh von ihrer Rangelei mit Evandra.

Mit verschwommenem Blick konnte sie sehen, wie jemand auf sie zugelaufen kam. Es war der alte Umill. Erleichtert stellte Lotta fest, dass er unversehrt schien, als er wild auf sie einredete. Was er zu ihr sagte, konnte sie jedoch nicht verstehen. Ihr Geist war mit einem Male unsagbar müde und alles um sie herum begann in einem Wirbel aus Geräuschen und Bildern zu verschwimmen. Sie spürte noch, wie der alte Mann seinen Arm um ihre Schultern legte, bevor sie in eine tiefe, dunkle Ohnmacht fiel.

Der Abschied

»Sie scheint aufzuwachen.«

Irgendwo in ihrem Kopf hörte Lotta eine weit entfernte Stimme reden. Sie klang vertraut und doch eigenartig fremd. Langsam öffnete sie die Augen und sah, dass sie sich in einem großen, hellen Raum befand. Sie lag auf einem weichen und bequemen Bett, neben dem dünne, weiße Vorhänge an den Fenstern im sonnigen Wind tanzten. Als sie sich weiter umsah, erkannte sie, dass da jemand neben ihrem Bett stand. Es war der alte Umill, der mit tiefer Sorge in den Augen auf sie hinunter schaute.

»Willkommen zurück, Menschenkind«, sagte er mit kratziger Stimme und einem müden Lächeln auf den Lippen.

Lotta versuchte, sich vorsichtig aufzusetzen.

Nachdem der erste Schwindel aus ihrem Kopf verflogen war, fing sie an, bitterlich zu schluchzen und fiel dem alten Mann fest um den Hals.

»Ist ja gut«, sagte er mit sanfter Stimme. »Es ist vorbei. Du hast es geschafft und diesem Unfug ein Ende bereitet.«

»Was ist passiert?«, fragte das Mädchen mit schniefender Stimme.

»Du hast dieses furchtbare Weib erledigt«, sagte Ruberio Umill mit einer Mischung aus Stolz und leichter Verwunderung, »indem du ihren Ring hast zerspringen lassen. All ihre Macht und Lebenskraft war in dieses kleine, dumme Kleinod eingeschlossen und als er kaputt ging, war das auch ihr sicheres Ende.«

»Ich wollte ihr nicht wehtun«, jammerte Lotta. »Ich wollte doch nur, dass sie endlich mit allem aufhört.«

Der alte Umill tätschelte ihr tröstend über den Kopf.

»Du konntest es nicht wissen.«, sagte er schließlich. »Es war wohl auch mehr ein glücklicher Zufall, dass du ihre scheinbar einzige Schwachstelle entdeckt hattest. Sie war ein boshaftes Weib und es lohnt nicht weiter, um sie zu trauern.«

Der alte Umill kraulte sich plötzlich den Bart und schaute nachdenklich nach oben. Vollkommen in den eigenen Gedanken versunken sagte er dann: »Ich frage mich, wie sie es geschafft hatte, die eigene Seelenkugel an ihren Ring zu schmieden. Verdammt, dieses Weib war gerissen!«

Lotta hatte keine Ahnung, wovon der alte Mann dort sprach und hatte auch nur wenig Lust, dahingehend weiter nachzuhaken.

»Da ist noch jemand, der dich sprechen möchte«, sagte Ruberio Umill plötzlich. »Wenn es deine Beine schon zulassen, solltest du ihn nicht länger warten lassen und endlich zu ihm gehen.«

Lotta fragte sich, von wem der alte Mann da wohl gesprochen hatte. Mit wackeligen Knien stieg sie aus ihr Bett, hakte sich beim alten Umill ein und ließ sich langsam und vorsichtig in das Zimmer nebenan führen.

In dem Nachbarraum stand ebenfalls ein Bett, welches genauso groß und kuschelig weich aussah wie das, in dem sie gelegen hatte.

Darin lag der blasse Junge mit den schwarzen, glatten Haaren und den smaragdgrünen Augen. Seine eine Schulter war in dicke Binden eingewickelt worden. Als er Lotta den Raum betreten sah, richtete er sich mit schmerzverzerrtem Gesicht auf, so dass er sie direkt anschauen konnte.

»Wie geht es dir, kleine Lotta?«, fragte der Junge mit leiser Stimme.

Das Mädchen erinnerte sich nur zu gut an den Jungen und wie wütend sie auf ihn war, weil er sie so lange an der Nase herum geführt hatte. Sie war zwar nicht mehr ganz so aufgebracht, doch reden mochte sie mit ihm kein einziges Wort.

»Hör zu«, fing der Junge an und schaute verlegen nach unten. »Ich wollte das alles wirklich nicht. Fräulein Evandra hat gedroht, mein Dorf zu vernichten. Wir waren ihr zu unbedeutend und all das, worin sie keinen Nutzen sah, war dem sicheren

Untergang geweiht. Ich wollte nur meine Heimat beschützen. Also entschied ich, zu ihr zu gehen und schlug ihr einen Handel vor. Das Leben meiner Eltern und Freunde als Tauschpreis für meine lebenslange Treue ihr gegenüber. Sie akzeptierte den Handel und schickte mich los, ein geeignetes Menschenkind zu finden, um ihren finsteren Plan in die Tat umsetzen zu können.«

Das Mädchen hörte aufmerksam zu. Obwohl sie sich immer noch verraten fühlte, gab es auch einen kleinen Teil in ihr, der etwas Mitgefühl mit dem Jungen hatte. Sie bemühte sich, eine ruhige Stimme zu behalten und fragte schließlich: »Doch warum ausgerechnet ich? Und warum hast du dich mir nicht in deiner wahren Gestalt vorgestellt?«

Der Junge lächelte mild und schien froh, dass Lotta sich nun doch entschieden hatte, mit ihm zu sprechen.

»Weil du ein Kind bist aus einer Welt, in der Magie und Fabelwesen als Märchen abgetan werden«, sagte er dann. »Erwachsene hinterfragen immer viel und werden schnell skeptisch. Du aber bist eine kindliche Träumerin und es war fast schon ein Leichtes, dich von diesem waghalsigen Abenteuer zu überzeugen.«

Der Junge hustete kurz und rieb sich dann die schmerzende Schulter. Dann fuhr er fort: »So wie ich hier vor dir liege, hättest du mir jedoch nicht vertraut. Du kommst aus einem Reich, in dem euch die Erwachsenen schon sehr früh beibringen, Fremden zu misstrauen. Evandra wusste das und hat mich kurzerhand in einen Kater verwandelt. Kinder mögen Tiere und vermuten in ihrer Gegenwart nichts Schlechtes. Der Plan dieser Hexe ging also wunderbar auf.«

Die ganze Zeit war sie also nichts weiter als eine kleine, dumme Puppe, dachte sich Lotta und erneut flammten Wut und Enttäuschung in ihr auf. Doch diesmal richtete sich ihr Zorn nicht etwa gegen den Jungen oder Fräulein Evandra, sondern ausschließlich gegen sich selbst, weil sie sich gedankenlos hatte ausnutzen lassen.

»Ich verstehe«, antwortete Lotta knapp und schaute stur nach unten.

»Es ist nicht deine Schuld«, sagte der Junge und griff sanft nach der einen Hand des Mädchens. Lotta ließ die Berührung ohne Gegenwehr zu.

»Dein Name«, sagte Lotta plötzlich.

Der Junge schaute etwas überrascht und schien nicht genau zu wissen, worauf das Menschenkind in diesem Moment hinauswollte.

»Ich möchte deinen richtigen Namen wissen.« Das Mädchen hob den Kopf und schaute dem Verwundeten direkt in die grünen Augen. »Ich kann dich ja nicht die ganze Zeit mit dem Namen eines Katers ansprechen, oder?«

Der Junge verstand endlich und fing an, breit zu lächeln.

»Ich heiße Timuk«, antwortete er und drückte Lottas Hand nun etwas fester. Er wirkte mit einem Male sichtlich erleichtert, dass Lotta ihre Hand nicht sofort wieder wegzog und sie nicht länger böse auf ihn zu sein schien.

Hinter ihnen hörten sie plötzlich ein pikiertes Räuspern.

Mit angespanntem Körper stand der kugelrunde Nox in der Tür zum Zimmer und blickte in gewohnter Ungeduld auf Lotta, Timuk und den alten Umill. So wie sie ihn mittlerweile kannte, war der Palastdiener mit Sicherheit immer noch stinksauer, dass sie sich seinen Anweisungen einfach widersetzt hatten und in den Thronsaal gestürmt waren.

»Königin Palanca wünscht euch zu sprechen«, sagte er mit hoher Stimme, machte dann auf der Hacke kehrt und stolzierte wie ein bunter Gockel wieder aus dem Raum.

Lotta musste bei dem Anblick vom aufgeblasenen Nox mittlerweile schon fast lachen und auch der alte Umill verzog kurz genervt sein Gesicht.

Sich gegenseitig stützend und mit langsamen Schritten schlichen sie gemeinsam hinunter in den Thronsaal, wo die traurige Königin bereits auf sie wartete. Als sie die drei Besucher erblickte, erhob sie sich von ihrem Sitz und kam eilig die Treppe hinunter gelaufen.

»Ihr seid alle wieder wohlauf!«, rief sie erleichtert und hielt sich eine Hand an die Brust. »Ich war so in Sorge um euch und habe die ganzen letzten Nächte, in denen ihr euch ausgeruht habt, über eure Seelenkugeln gewacht.«

Die Königin bedankte sich herzlich bei jedem mit einer festen Umarmung. Nox stand weiter hinten in einer Ecke und beobachtete das Ganze mit sichtlicher Missbilligung, als Lotta, Timuk und Ruberio Umill mit Worten der Dankbarkeit nur so überschüttet wurden.

»Meine Schwester hatte mich oben in meinen Gemächern eingesperrt«, sagte Palanca. »Zu spät habe ich ihre finsteren Pläne durchschaut und als ich ihre wahren Absichten erkannte, war es ihr auch schon gelungen, mich aus dem Weg zu räumen.«

Die Königin reichte Lotta ihren Rucksack und fügte dann hinzu: »Es ist schon erstaunlich, dass solch ein kleines Mädchen soviel Mut aufbringen konnte und es geschafft hatte, meine Schwester am Ende doch noch aufzuhalten. Ich stehe tief in deiner Schuld, kleine Lotta Leander.«

Die Wangen des Mädchens fingen plötzlich vor lauter Verlegenheit an, rot zu glühen. Gerade als sie sich ihren Rucksack wieder auf den Rücken setzen wollte, bemerkte sie, wie in ihm etwas leise klimperte. Als sie verwundert hineinschaute, erkannte sie, dass sie ja immer noch die Edelsteine bei sich trug, welche der alte Beldam ihr vor einer ganzen Weile gegeben hatte. Lotta nahm das kleine Säckchen heraus und überreichte es der Königin – so wie sie es dem Giganten einst versprochen hatte.

»Weit entfernt von hier leben die Giganten und sie langweilen sich ganz furchtbar und wollen endlich wieder eine Aufgabe in ihrem Leben haben«, sagte das Mädchen. »Sie lassen die besten Grüße ausrichten und wünschen sich nichts sehnlicher, als endlich wieder für Euch arbeiten zu dürfen.«

Palanca bedankte sich höflich für das Geschenk und bestaunte die funkelnden Schmucksteine, die nun in ihrer Hand lagen und in allen Farben nur so strahlten.

»Diese Steine sind fürwahr wunderbar anzusehen und ich werde sogleich jemanden schicken, um diesem geschickten Volk einen guten Handel vorzuschlagen«, sagte sie mild lächelnd und ließ die Schmuckstücke dann wieder in das kleine Säckchen gleiten.

Die traurige Königin wandte sich dann wieder Lotta zu und hielt sie an ihren beiden Schultern fest.

»Es wird Zeit, sich von deinen Freunden zu verabschieden«, sagte sie mit einem milden Lächeln.

Das kleine Mädchen drehte sich schnell und mit Tränen in den Augen zu Timuk und dem alten Umill um, fiel den beiden fest um die Hälse und schluchzte ihnen halb verständliche Worte der Dankbarkeit in die Ohren. Doch da war noch ein anderes Gefühl, welches in ihrem kleinen Herzen plötzlich aufkam.

Traurigkeit.

Nach all den Gefahren, die sie gemeinsam gemeistert hatte, war Lotta nun mehr als bestürzt darüber, ihren beiden Gefährten an dieser Stelle vermutlich für immer Lebewohl sagen zu müssen.

»Mach dir um uns keine Gedanken«, sagte der alte Umill. »Ich werde mir ein schönes Leben hier im Palast machen und der Königin dabei helfen, die Divinatio-Maschine zu bewachen. Außerdem kann ich hier recht gut an meinen Forschungen weiterarbeiten. Ich bekomme sogar mein eigenes Labor mit Ausblick Richtung Osten. Kannst du dir das vorstellen? Mein eigenes Labor!«

»Du musst wieder nach Hause zu deinen Eltern«, fügte Timuk hinzu. »Das, was du dir die ganze Zeit gewünscht hast, geht nun endlich in Erfüllung. Auch ich werde endlich in mein Dorf zurückkehren und meinen Leuten von unseren gemeinsamen Abenteuern berichten. Sie machen sich alle gewiss schon große Sorgen.«

Lotta war ganz hin- und hergerissen. Natürlich war die Heimkehr in ihre Welt das, an was sie sich die ganze Zeit über am meisten geklammert hatte, aber ihre neuen Freunde wollte sie wiederum auch nicht verlieren.

»Aber wie soll ich denn wieder heimkommen?«, fragte Lotta immer noch mit Tränen in den Augen. »Der Kristallschlüssel wurde doch vernichtet.«

»Den brauchst du dazu auch nicht«, sagte die Königin mit einem Zwinkern in den Augen und bat Timuk und Ruberio Umill, den Thronsaal nun zu verlassen.

Ein letztes Mal noch umarmte Lotta ihre beiden Freunde fest und sah ihnen traurig hinterher, als sie anschließend durch die hohen Türen hinaus auf den Gang vor dem Thronsaal schritten.

»Du warst auch gemeint, Nox«, fügte die Königin mit leicht genervter Stimme hinzu.

»Oh, natürlich! Ich bitte um Verzeihung, Eure Majestät. Ich dachte nur, dass Ihr... nun vielleicht benötigt Ihr Hilfe«, stammelte der kleine, kugelrunde Mann und eilte nach draußen.

»Wir werden schon klar kommen«, entgegnete die Königin mit sanfter Stimme und rollte mild lächelnd mit den Augen.

Lotta meinte, einen Gesichtsausdruck der Enttäuschung in dem Gesicht des Palastdieners erkannt zu haben und musste darüber ein wenig grinsen.

Die Königin und Lotta standen sich nun ganz allein gegenüber. Das Mädchen fragte sich, was denn als Nächstes passieren würde, damit sie endlich wieder zu ihren beiden Eltern gehen konnte. In

Zauberei kannte sie sich nun wahrlich nicht aus und die Divinatio-Maschine war auch nicht mehr zu gebrauchen.

»Diese ganze Zauberei und Technik brauchst du auch nicht«, sagte die Königin gütig lächelnd. »Ich habe dir schon damals gesagt, dass die Macht allein bei dir liegt. Du bestimmst ganz allein über dein Schicksal und formst es mit deinen eigenen Entscheidungen. Es war natürlich falsch von Evandra, dich mit dieser gefährlichen Aufgabe loszuschicken. Was meine boshafte Schwester dabei aber nicht bedachte, war, dass genau diese Reise der Anfang für deine Heimkehr sein sollte.«

Lotta verstand kein Wort von dem, was Königin Evandra eben zu ihr gesagt hatte.

»Du musstest all diese Gefahren meistern, um für dich heraus zu finden, was du wirklich von ganzem Herzen willst«, fuhr Königin Palanca fort. »Und trotz aller Verlockungen und aller Irrwege, wolltest du immer nur das Eine: Wieder mit deinen Eltern vereint zu sein.«

Das kleine Mädchen war nun vollkommen verwirrt. Wenn das die große, weise Königin sein sollte, von der alle immer so wohlwollend sprachen, so war sie an dieser Stelle keine wirkliche Hilfe.

»Aber wie komme ich denn nun wieder nach Hause?«, schrie Lotta nun zornig der Königin entgegen. Sie fühlte sich beinahe schlecht, eine Herrscherin angeschrien zu haben, doch ihre Wut und ihre Ratlosigkeit waren einfach zu groß, um in diesem Moment noch an Anstand und Etikette denken zu können.

»Du bist schon die ganze Zeit auf dem richtigen Weg«, sagte die Königin mit sanfter Stimme. »Gerade in diesem Moment bist du dabei, die letzten noch fehlenden Schritte zu gehen. Nur noch eine Frage sollst du mir aufrichtig beantworten.«

Lotta nickte langsam mit ihrem Kopf, gespannt darauf, wie diese Frage wohl lauten würde.

»Ist es dein tiefster Wunsch, all das hier zurück zu lassen, um wieder nach Hause zurückzukehren?«, fragte sie und schaute dem Mädchen nun eindringlich in die Augen. »Möchtest du wirklich all die fantastischen und aufregenden Dinge um dich herum für immer aufgeben und gegen ein Leben eintauschen, welches du vorher doch als so schlimm und langweilig empfunden hattest?«

Lotta kam erst gar nicht dazu, die Frage der Königin mit laut ausgesprochenen Worten zu beantworten, als mit einem Male der Boden unter ihren Füßen anfing, heftig zu beben.

Überall bröckelten Kristallsplitter von den Wänden und Kronleuchter krachten laut klirrend von den hohen Decken der Halle herunter. Der Thron brach in sich zusammen und feiner Glasstaub rieselte die Treppe vor ihnen hinunter.

Die Königin stand immer noch lächelnd und vollkommen ruhig vor Lotta und schaute ihr weiterhin direkt in die Augen. Plötzlich brach der Boden unter ihnen auf und das Mädchen musste mit ansehen, wie um sie herum ganze Teile des Palastes einfach nach und nach in einer endlosen Dunkelheit verschwanden.

Bald war nur noch das kleine Fleckchen Kristallboden übrig, auf dem Lotta und die Königin sich noch immer gegenüber standen. In überwältigender Angst schaute das Mädchen um sich in dem verzweifelten Versuch zu verstehen, was gerade passierte. Um sie herum war jedoch nur noch schwarze Leere zu sehen gewesen.

Mit einem Ausdruck von grenzenloser Panik in Lottas Augen brach schließlich auch noch das letzte Stück rettender Boden unter ihren Füßen weg und sie in fiel in eine bodenlose, schwarze Tiefe.

Endlich wieder daheim

Mit einem stummen Schrei auf ihren Lippen schrak Lotta nach oben.

Vollkommen im eigenen Schweiß gebadet, saß sie kerzengerade im Bett. Ihr Atem ging schwer und sie fing an, sich die Augen zu reiben. Als diese sich an das morgendliche Licht, welches durch das Fenster in ihr Zimmer drang, allmählich gewöhnt hatten, schaute sie sich um und stellte fest, dass sie wieder in ihrem vertrauten Kinderzimmer war. Sie griff nach ihrem zerlumpten Kuschelteddy, der achtlos in der unteren Ecke des Bettes lag und drückte ihn fest an sich. Nachdem sie sich endlich ein wenig beruhigt hatte, stand sie mit immer noch klopfendem Herzen auf und stürmte an das Fenster. Sie wäre dabei fast auf ihre Lieblingsfigur, dem Zauberer mit der himmelblauen Robe getreten, die scheinbar vom Fensterbrett gefallen war und nun mit dem bärtigen Gesicht nach unten auf dem Boden lag. Verwundert hob sie ihn wieder auf, setzte ihn zurück an seinen Platz und schaute durch ihre Sternenvorhänge nach draußen.

Die Sonne war noch nicht richtig aufgegangen; eine sanfte Morgenröte leuchtete knapp über den

Dächern der Häuser in ihrer Nachbarschaft. Lotta öffnete das Fenster und atmete in zwei, drei tiefen Zügen die kühle Luft ein. Anschließend zog sie sich ihre Hausschuhe an und eilte aus ihrem Zimmer in den Flur. Ihr Blick wanderte sofort in Richtung der Kommode und sie atmete erleichtert auf, als sie den großen Spiegel an der Wand darüber hängen sah. Danach stürmte sie ins Wohnzimmer, doch darin war niemand zu sehen. Als sie anschließend auf leisen Sohlen ins Schlafzimmer ihrer Eltern schlich, sah sie zwei Gestalten auf dem großen Bett liegen. Lotta trat vorsichtig näher an das Bett ihrer Eltern heran und erkannte, dass es Mama und Papa Leander waren, die immer noch unter der bis zu ihren Kinnen gezogenen Decke tief und fest schliefen.

Lottas Herz machte einen Satz und sie hüpfte voller Freude auf das Bett und kuschelte sich in die Lücke zwischen ihre beiden noch schlafenden Eltern. Mit einem Raunen wachte Papa Leander auf und blickte Lotta mit verschlafenen Augen an.

»Lotta?«, murmelte er immer noch völlig schlaftrunken. »Weißt du eigentlich, wie früh es ist?«

Einen Moment später war auch Mama Leander halb aufgewacht und bat Lotta mit schläfriger Stimme, in ihr Zimmer zu gehen, um dort noch eine Weile in ihren Büchern zu lesen.

Das kleine Mädchen knuddelte seine Eltern, gab jedem einen Kuss auf die Wange und schlich dann wieder vorsichtig aus dem Schlafzimmer.

Ich werde doch jetzt nicht in mein Zimmer gehen, um dort zu lesen, dachte sich Lotta und hatte plötzlich eine viel bessere Idee. Sie deckte den Tisch im Wohnzimmer und entschied ihren Eltern ein leckeres Frühstück zuzubereiten. Während die Brötchen im Backofen noch vor sich hin buken, erledigte sie schnell den Abwasch vom Abend zuvor, welcher immer noch in der Spüle stand. Gerade als der kleine Küchenwecker anfing zu klingeln und Lotta den Kochtopf mit den Frühstückseiern vom Herd nahm, hörte sie jemanden ins Wohnzimmer gehen.

Mama und Papa Leander standen noch völlig neben sich und mit zerzausten Haaren mitten im Raum und staunten nicht schlecht, als sie den reich gedeckten Tisch sahen. Lotta hatte sich sogar die Mühe gemacht, die guten Stoffservietten aus dem Schrank herauszusuchen und diese zu kleinen Mützen gefaltet auf den Tellern zu platzieren.

Das Mädchen verteilte noch schnell die Frühstückseier auf dem Tisch, als Papa Leander plötzlich mit überraschtem Gesichtsausdruck witzelte: »Entschuldigen Sie, aber haben Sie unsere Tochter gesehen?«

Lotta fand, dass es eigentlich ein ziemlich blöder Witz war, den ihr Papa eben von sich gegeben hatte, aber sie musste trotzdem lachen.

»Das sieht ja fabelhaft aus!«, strahlte Mama Leander und küsste ihre Tochter herzlich auf die Wange. Dann setzten sich alle an den Tisch und ließen sich das üppige Frühstück schmecken. Nach einer Weile saßen Lotta und ihre Eltern mit dicken Bäuchen auf ihren Plätzen. Mama Leander wollte gerade anfangen, die ersten Teller zurück in die Küche zu räumen, als Lotta plötzlich aufsprang und darauf bestand, es doch lieber selber zu machen.

»Ich will das erledigen und ihr beide könnt euch in der Zwischenzeit noch etwas ausruhen«, sagte sie fröhlich und riss ihrer Mama die Teller aus den Händen.

Völlig erstaunt über das seltsame Verhalten ihrer Tochter ließ sich Mama Leander wieder wortlos auf ihren Stuhl sinken.

Nachdem alles aufgeräumt und abgewaschen war, machte sich Lotta daran, ihre Schultasche zu packen. Sie hatte nach ihrem unerwartet langen Aufenthalt in Whandara im Unterricht wohl einiges aufzuholen und packte sicherheitshalber alle Hefte und Bücher ein, die sie auf ihrem Schreibtisch finden konnte.

»Heute ist Samstag«, sagte ihr Papa lachend. »Du bist ja vollkommen durch den Wind, Prinzesschen.«

Das Mädchen schaute daraufhin ihre beiden Eltern voller Verwunderung an. Heute war erst

Samstag? Sie war fest davon überzeugt gewesen, mindestens mehrere Wochen nicht in ihrem Bett geschlafen zu haben. Ganz verwirrt schaute sie an ihrem Körper hinunter, an dem sie zu ihrer großen Überraschung einen tadellosen und sauberen Schlafanzug trug.

»Nun wasche dich erst einmal und dann können wir uns ja zusammen einen schönen Tag im Park machen«, schlug Mama Leander kichernd vor.

Nachdem sie sich alle zurechtgemacht und den Frühstückstisch aufgeräumt hatten, spazierten sie stundenlang durch die warme Frühlingssonne, beobachteten Vögel, lachten und spielten gemeinsam Fangen auf der großen Wiese. Eine Weile später gingen sie an dem kleinen Teich vorbei, wo Lotta oft in grenzenloser Geduld und sehr zum Leidwesen ihrer Eltern Steine über die Wasseroberfläche hatte hüpfen lassen. Die unzähligen Male zuvor hatte sie ihren Papa immer angebettelt und lautstark darauf bestanden, dass er doch mit ihr zusammen um die Wette werfen solle. Derjenige, dessen Steine am weitesten flogen, sollte am Ende gewinnen und meistens war Lotta es, die bei dem Spiel als Sieger hervorging. Diesmal jedoch entschied sich Lotta, nichts zu sagen und stapfte stattdessen selbstbewusst daran vorbei. Sie hatten den mit Schilf umwachsenen Teich fast schon hinter sich gelassen, als plötzlich Papa Leander um eine

Runde Steinewerfen bat. Das konnte sie nun wirklich nicht ablehnen und tollte kurze Zeit später mit ihren Eltern am Ufer des Teiches umher.

Als sie wieder heimgekommen waren, brachte Lotta noch schnell den Müll raus, während ihre Eltern das Abendessen vorbereiteten. Pfeifend schlenderte sie mit dem Beutel in der Hand auf den schiefen Gartenschuppen zu, neben dem die Mülltonnen aufgestellt waren. Gerade als sie wieder reingehen wollte, kam ihr plötzlich ein Gedanke. Mit pochendem Herzen trat sie in die wackelige Hütte und schaute sich vorsichtig um. Staub tanzte in den Sonnenstrahlen, welche durch die Ritzen der Wände in das Häuschen drangen. Am Tage war der Schuppen gar nicht so gruselig, dachte Lotta und ging ein Stückchen weiter hinein. Als sie an der Werkbank angekommen war, beugte sie sich langsam und mit pochendem Herzen hinunter, um sich die Wand dahinter anzuschauen. Dort wuchsen überall modrige Schimmelflecken, doch ansonsten war nichts Ungewöhnliches zu sehen. Lotta stand wieder auf, putzte sich den Staub von den Knien und entschied, lieber zurück ins Haus zu gehen. Gerade als sie den Schuppen verlassen hatte und wieder draußen in der milden Abendsonne stand, drehte sie sich noch einmal kurz zu der schiefen Hütte um. Es ist einfach nur ein altes, verschimmeltes Gartenhäuschen, dachte Lotta, zuckte mit ihren Schultern und ging dann wieder zurück in die Wohnung.

Müde und geschafft, aber auch sehr, sehr glücklich ließ sich Lotta am Abend in ihr weiches, kuscheliges Bett fallen. Mama und Papa Leander gaben ihr noch beide einen Gute-Nacht-Kuss und wünschten ihrer Tochter schöne Träume. Ihre Mutter blieb sogar noch einen kurzen Moment länger im Zimmer und erzählte ihrer Tochter eine ihrer lustigen Geschichten.

»Ich habe euch beide sehr lieb«, sagte Lotta am Ende schläfrig und kuschelte sich an ihre Mama.

Mama Leander drückte ihre Tochter fest an sich und flüsterte: »Wir haben dich auch sehr lieb, mein Schatz.« Dann fügte sie noch zwinkernd hinzu: »Du warst heute ein wirklich tolles Mädchen. Wenn du uns weiterhin so fleißig hilfst, würde ich sogar darüber nachdenken, dir dein Geschichtenbuch früher als geplant zurückzugeben.«

Lotta zog eine Schnute und überlegte kurz. »Du kannst das Buch ja ruhig erst einmal für mich aufbewahren und es mir an den Wochenenden geben«, sagte sie schließlich und fügte sogleich hastig hinzu: »Aber bitte nicht immer erst, wenn ich meine Hausaufgaben erledigt habe. Es lag ohnehin viel zu schwer im Schulranzen und schöne Geschichten können wir uns solange auf dem Schulhof ja auch so einfallen lassen.«

»Wie du meinst«, antwortete Mama Leander mit einem sanften Lächeln und gab ihrer Tochter noch einen Kuss auf die Wange. Dann machte sie das kleine Nachtlicht neben Lottas Bett aus und verließ das Zimmer.

Gerade als Mama Leander die Kinderzimmertür hinter sich geschlossen hatte, warf Lotta ihre Bettdecke zurück und huschte leise aus ihrem Bett. Sie trat durch die Dunkelheit an ihr Fenster, zog vorsichtig die Vorhänge zurück und schaute hinaus in die mondhelle Nacht.

Draußen vor ihrem Fenster waren Häuser und leere Straßen zu sehen und nur ein paar Fledermäuse schwirrten hin und wieder durch den Lichtkegel der Straßenlaterne vor ihrem Fenster. Ansonsten war dort unten niemand.

Lotta blieb noch eine Weile dort stehen und beobachtete den beleuchteten Fleck auf dem Fußweg.

Mit einem Male schlenderte eine Katze gemächlich auf dem Fußweg vor ihrem Fenster entlang. Lottas Herz machte einen kurzen Satz und sie musste aufpassen, vor lauter Aufregung nicht mit ihrer Stirn gegen die Scheibe zu krachen. Die Katze setzte sich in den Lichtkegel unter die Straßenlaterne und fing an, sich ihr braun gestreiftes Fell zu putzen. Plötzlich drehte das Tier seinen Kopf blitzschnell herum und schien auf irgendetwas zu starren, was sich im Schatten auf der anderen Straßenseite zu verbergen schien. Einen kurzen Moment später rannte das Tier wie von der Tarantel gestochen quer über die schwarz asphaltierte Straße und verschwand, ohne sich noch einmal umzudrehen, in der Dunkelheit der Nacht.

***

Draußen auf der anderen Straßenseite, versteckt im Schatten der Nacht und darauf bedacht, nicht in den Lichtkegel der Straßenlaterne zu treten, stand ein Mann.

Er war komplett in Schwarz gekleidet und versteckte sein Gesicht unter einem breitkrempigen Hut. Fast unsichtbar wirkte er in der nächtlichen Dunkelheit und als die braun gestreifte Katze eilig über die Straße schoss, wäre sie beinahe gegen das Schienbein des Fremden gerannt. Mit einem hohen und überrascht klingendem Fauchen machte sie eine flinke Kehrtwende und hastete dann in den nächstbesten Busch.

Der Mann schmunzelte kurz, während er der panisch miauenden Katze hinterher sah und richtete seinen Blick anschließend wieder auf das Mehrfamilienhaus vor ihm auf der anderen

Straßenseite. Ein kleines Mädchen stand im Dunkel seines Zimmers und schaute durch die halb geöffneten Vorhänge eines Fensters im dritten Stock hinunter auf die Straße. Einen kurzen Moment später war es wieder verschwunden und vermutlich gerade dabei, sich unter seiner Bettdecke in den Schlaf zu kuscheln.

»Schlaf gut, kleines Menschenkind«, sagte der Mann in Schwarz und tippte mit dem Finger an die breite Krempe seines schwarzen Hutes. »Wir werden uns wiedersehen, das verspreche ich dir.«

Der fremde Beobachter lüftete kurz seinen Umhang und begann ein Stückchen die Straße entlang zu gehen. Sein schwarzer Gehstock machte dabei leicht klackende Geräusche auf dem Bürgersteig. Vor einer großen runden Litfaßsäule an der Kreuzung zwei Straßen weiter blieb er plötzlich stehen. Kunterbunte Plakate mit eingerissenen Ecken waren daran befestigt gewesen, doch es war nicht die Zirkuswerbung, für die der Mann in Schwarz sich interessierte.

Mit seinem Gehstock tippte er dreimal gegen die Wand der Litfaßsäule.

Tock! Tock! Tock!

Leise und ohne dass es jemand bemerkt hatte, begann die Wand an der Stelle, wo der Gehstock sie berührt hatte, mit einem Male in blauem Licht zu erstrahlen. Eine etwa mannsgroße Öffnung aus leuchtendem Schimmer hatte sich vor dem Fremden aufgetan.

Ein letztes Mal blickte der Mann in Schwarz zurück zu dem Haus aus dessen Richtung er soeben gekommen war. Die Straße war menschenleer und niemand schien irgendetwas von den seltsamen Vorgängen mitzubekommen. Der Fremde grinste zufrieden – fast so, als hätte er nichts anderes als völlige Ungestörtheit zu dieser Stunde erwartet.

Eleganten Schrittes, fast schon festlich hüpfend, trat der Fremde in die blau leuchtende Öffnung, welche sich einen Augenblick später mit einem leisen »Plopp!« schloss und dann war es wieder ruhig in Großstadt.